O QUARTO ALEMÃO

O quarto alemão

CARLA MALIANDI

Romance

Tradução de
Sérgio Karam

© Moinhos, 2020.
© © Carla Maliandi, 2017.
c/o Mardulce Editorial.

"Obra editada en el marco del Programa SUR del Ministerio de Relaciones Exteriores y Culto"
"Obra editada no âmbito do Programa SUR do Ministério das Relações Exteriores e Culto"

Edição: Camila Araujo & Nathan Matos
Assistente Editorial: Karol Guerra
Revisão: Ana Kércia Falconeri Felipe
Diagramação e Projeto Gráfico: Editora Moinhos
Capa: Sérgio Ricardo
Tradução: Sérgio Karam

Dados Internacionais de Catalogação na Publicação (CIP) de acordo com ISBD

M251q
Maliandi, Carla
O quarto alemão / Carla Maliandi;
traduzido por Sérgio Karam.
Belo Horizonte, MG : Moinhos, 2020.
140 p. ; 14cm x 21cm.
Tradução de: La habitación alemana
ISBN: 978-65-5681-030-0
1. Literatura argentina. 2. Romance. I. Karam, Sérgio. II. Título.
2020-2406
CDD 868.99323
CDU 821.134.2(82)-31

Elaborado por Odilio Hilario Moreira Junior - CRB-8/9949

Índice para catálogo sistemático:
1. Literatura argentina: Romance 868.99323
2. Literatura argentina: Romance 821.134.2(82)-31

Todos os direitos desta edição reservados à Editora Moinhos
www.editoramoinhos.com.br
contato@editoramoinhos.com.br
Facebook.com/EditoraMoinhos
Twitter.com/EditoraMoinhos
Instagram.com/EditoraMoinhos

Sumário

7 Um
19 Dois
39 Três
53 Quatro
67 Cinco
77 Seis
93 Sete
97 Oito
107 Nove
117 Dez
127 Onze

Um

I

Houve um tempo em que eu sabia o nome de todas as constelações. Foi meu pai quem me ensinou, explicando que este céu alemão lhe era totalmente estranho. Eu tinha uma obsessão com o céu, as estrelas e os aviões. Sabia que um avião tinha nos trazido a Heidelberg e que um avião nos levaria de volta ao lugar a que pertencíamos. Para mim, os aviões tinham cara e personalidade. E implorava para que o que nos levasse de volta a Buenos Aires não fosse um daqueles que caem no meio do oceano matando todo mundo. Na noite anterior à viagem, à grande viagem de volta à Argentina, nossa casa da Keplerstrasse se encheu de filósofos. Jantamos no jardim porque a noite estava excepcionalmente límpida e clara. Entre os filósofos havia alguns latino-americanos, um chileno que tocava violão, um mexicano sério com o previsível bigode e Mario, um jovem estudante argentino que morava em nossa casa. Os latino-americanos se esforçavam para falar em alemão e os alemães respondiam amavelmente em espanhol. Meu pai discutia aos gritos com um filósofo de Frankfurt muito alto e totalmente careca. Em algum momento notaram que eu os olhava, assustada, e me explicaram que não estavam brigando, apenas discutindo a respeito de Nicolai Hartmann. Quando fiquei um pouco maior, tentei ler Hartmann para entender o que é que podia levá-los a discutir com tal paixão, mas não encontrei nada.

Agora eu devia dormir, mas não consigo, ainda estou tomada pelo nervosismo da viagem. Pela janela de meu novo quarto vejo um pedaço do céu de Heidelberg. Naquela noite, olhara para este mesmo céu durante um longo tempo, tratando de aprendê-lo de cor, como se estivesse me despedindo de algo que devia reter na memória. Lembro que o filósofo chileno que tocava violão começou a cantar "Gracias a la vida", de Violeta Parra, com uma voz rasgada, e que ao seu redor um grupo de alemães entusiasmados, solidários e bêbados cantava em coro, com uma entonação ridícula.

Quantas noites deste último mês terei passado sem dormir direito? Ontem, em Buenos Aires, tinha medo de não ouvir o táxi e acordava de tempos em tempos. Quando cheguei a Ezeiza, tive que tomar um café bem forte para terminar de acordar e enfrentar os pequenos trâmites de aeroporto. No avião, voltei a sentir essa vertigem do voo, mas não era medo de que o avião caísse, e sim o temor de chegar ao destino sã e salva e não saber o que fazer, nem para quê. Terminar a vida neste avião talvez tivesse sido menos problemático do que chegar à Alemanha assim, sem ter avisado ninguém em Buenos Aires. Morrer em pleno voo talvez tivesse sido menos aterrorizante do que chegar trazida por um impulso, sem dinheiro suficiente, numa tentativa desesperada de encontrar tranquilidade. E uma felicidade passada, perdida e enterrada para sempre com a morte de meu pai. Essas coisas não se fazem assim, mas assim as fiz e aqui estou. Amanhã vou procurar um telefone e ligar para Buenos Aires, e vou explicar tudo do jeito que puder.

Creio que neste lugar, nesta cama, vou poder dormir bem. O quarto é mais bonito do que tinha visto na Internet, e também gostei do que a gerente acabou de me mostrar – o refeitório, a cozinha e toda a parte de baixo da residência. Deve ser mesmo um bom lugar para os estudantes, mas eu não vou estudar nada. Vou tratar de dormir, vou tratar de ficar bem, e vou procurar na Markplatz um banco em que possa me sentar para pensar tranquilamente e comer um *pretzel*.

II

Sonho que acordo num beliche dentro de algo parecido com um curral para humanos. Ao meu lado dorme um menino de uns três anos. Eu o acordo para perguntar onde estamos, mas o menino não sabe falar. Digo-lhe que temos que sair dali. Eu o levanto e começo a caminhar. Estou vestida com a roupa que usei na viagem, um pulôver cinza e jeans, mas estou sem sapatos. O menino está enrolado num lençol e me pesa muito. Atravessamos um pavilhão enorme e nos arrastamos por baixo da cerca de arame farpado que o rodeia. Saímos num campo. Há vacas e o solo está coberto por uma neblina. Há um sujeito deitado debaixo de uma das vacas, ordenhando-a. Mal consigo vê-lo, é grande e parece um tirolês. Quando passamos a seu lado, oferece-nos um copo de leite. Pego o copo e passo-o para o menino. O homem se irrita, diz que o leite era para mim. Discutimos, mas não nos entendemos, porque ele fala num dialeto muito estranho. De repente olha para os meus peitos, aponta para eles e entendo muito bem o que quer dizer: "Aí há leite suficiente para todos". Me assusto e começo a correr levando o menino pela mão. Enquanto corremos ele se solta, eu volto a segurá-lo, ele volta a se soltar, eu volto a segurá-lo, ele volta a se soltar. Desperto.

A cama da residência é absolutamente confortável e meu quarto tem uma janela com vista para o jardim. A paisagem que vejo daqui é completamente diferente do campo devastado do sonho, e a residência supera todas minhas expectativas de falsa estudante.

Ontem à noite, Frau Wittmann, a gerente da residência, depois de anotar os meus dados e de me mostrar as instalações, me avisou que o café da manhã deve ser preparado até as nove e meia. Tenho que me levantar agora mesmo se não quiser perder o café. Ainda deitada, me lembro do sonho e toco meus peitos, que estão visivelmente mais inchados do que o normal. Penso que não vai demorar muito para que eu fique menstruada, tomara que não tenha esquecido de trazer um analgésico. Levanto-me, mudo de roupa rapidamente, penteio-me apenas com os dedos e desço até o refeitório. Alguns estudantes esquentam o café e fazem torradas. Não entendo as regras, não sei se posso sair metendo a mão onde quiser ou se devo pedir permissão. Está claro que isso não é um hotel, que ninguém virá me servir o café da manhã. Agora entendo o que Frau Wittmann quis dizer com "preparar o café da manhã". Vejo que cada um come algo diferente: alguns comem torrada, outros tomam iogurte; outros, frutas; outros, cereais. Tiram coisas de uma geladeira, movem-se de forma organizada, vejo também que as coisas têm etiquetas com nomes. Alguns fazem uma pequena fila diante da cafeteira, outros, sentados, conversam em voz baixa, outros mais solitários comem com seus notebooks abertos e não olham para ninguém. Sinto vergonha de estar ali de pé, um pouco confusa e meio despenteada. Decido sair e tomar café em um bar, mesmo que seja só hoje.

Heidelberg é um lugar de conto de fadas, irreal, uma das poucas cidades alemãs que não foram bombardeadas. Trato de reconhecer as ruas. Vivi aqui nos meus primeiros cinco anos de vida. Algumas coisas me são familiares: as padarias, as margens do Neckar, o odor das ruas. O dia está quente e brilhante. Caminho dentro do conto, respiro fundo, brinco de me perder entre as ruas e me encontrar outra vez. Entro num bar da Markplatz, peço um café da manhã com pães, frios, suco de laranja e café com leite. O garçom me pergunta de onde venho, me fala de futebol, sabe de cabeça os nomes de todos os jogadores da seleção argentina. Aproveito para praticar o alemão sem maiores exigências. Me dou conta de que tenho um problema, que já não entendo bem o idioma, que me esqueci, que as aulas que fiz pela Internet antes de vir não foram suficientes, assim como a boa pronúncia que achei que me serviria. Enquanto o garçom me fala de Messi, planejo estratégias de comunicação. Posso falar em inglês se a coisa não funcionar. Sim, Messi é um gênio, acabo dizendo em espanhol. O garçom ri e vai atender outra mesa, e sai repetindo: "gênio", "é um gênio". Tomo o café vorazmente, não deixo sobrar nada. Um velho sentado na mesa ao lado me olha enviesado e vejo que junto a sua mesa há um pequeno cachorro. O velho o acaricia com uma mão e com a outra segura a taça de café. Calculo sua idade e me pergunto o que estaria fazendo na última guerra. Não importa, mesmo que tivesse sido um velho nazista não lhe resta muito tempo de vida pela frente. De repente, o homem sorri para mim. Talvez eu seja muito preconceituosa, ele parece um amável ancião que percebeu que não sou daqui. O que verão, de mim, aqueles que me veem aqui sentada? Penso em meu cabelo ao redor dos ombros, na fivela que coloquei esta manhã, presa de qualquer jeito, na linda camisa que visto, toda amassada. Acho tudo ridículo agora. Ridículos os adornos com que tento cobrir as ruínas. Está tudo quebrado, aonde quer que eu vá. E agora estou a milhares de quilômetros de meu país, sem saber falar direito, sem saber o que fazer.

Quando voltar a meu quarto na residência, vou pedir uma tesoura a Frau Wittmann e vou cortar o cabelo. Já tenho alguma coisa para fazer. Por que ainda não cortei o cabelo? O velho da mesa ao lado vai embora, para na calçada, volta-se para minha janela e me faz um gesto de despedida. É enternecedor vê-lo se afastar andando com seu cachorro. Separo as moedas com que vou pagar o café da manhã. São sete euros, isso é muitíssimo para meu orçamento de viajante. Pergunto-me se poderei fazer várias ligações com um par de moedas dessas. Se poderei tranquilizar minha mãe, que ainda se lamenta por minha separação e agora, além de tudo, terá que suportar a ideia de que ficarei longe por um tempo. Se poderei me desculpar com as pessoas do trabalho, um trabalho que estive a ponto de perder por ter chegado tarde quase todos os dias no último mês. Se poderei discar o número daquela que foi minha casa até muito pouco tempo atrás. Ligar para Santiago depois de tantos dias sem nos falarmos e dizer: estou ligando da Alemanha, como vai? E ter uma única coisa em mente, um pedido a mim mesma, uma súplica a todos os deuses: que minha voz não se quebre.

III

Quando chego à residência, depois de caminhar o dia inteiro, já são oito horas e está escuro. Frau Wittmann me recebe à porta, diz que alguém espera por mim no refeitório. A impossível imagem de Santiago ali dentro, a absurda ideia de que tenha vindo me buscar, me deixa com o coração na boca. *Por mim? É mesmo?*, pergunto. É um estudante de seu país que quer falar com você, ela responde, sem me olhar. Sorrio resignada e agradeço. Antes de passar, peço a ela uma tesoura e Frau Wittmann diz que vai procurar uma no meio de suas coisas. Quando entro no refeitório, vejo, sentado, um rapaz moreno, desproporcionalmente grande e meio infantil. Está encurvado, lendo um livro de xadrez. Levanta a cabeça e seu rosto se ilumina ao me ver chegar, calculo que não tenha mais de vinte e cinco anos, diz que esteve esperando por mim toda a tarde. Nunca o vi na vida, mas ele age como se fôssemos parentes ou amigos da vida inteira. Me conta que é de Tucumán e que se chama Miguel Javier Sánchez. Que tem uma bolsa do CONICET e outra do DAAD[1], que estuda economia política, que chegou faz

---

[1] CONICET: Consejo Nacional de Investigaciones y Técnicas, autarquia do governo argentino criada para promover o desenvolvimento da ciência e da tecnologia no país; DAAD: Deutscher Akademischer Austauschdienst, organização alemã de intercâmbio acadêmico. [N. do T.]

uma semana e hoje ficou sabendo que há uma compatriota na residência. Me pergunta o que estou estudando. Minto, digo que estou fazendo um curso de pós-graduação em dramaturgia alemã. Frau Wittmann nos interrompe, me entrega a tesoura e pede que eu tenha cuidado. Agradeço a ela. Miguel Javier não para de falar, me conta de sua vida em Tucumán, de suas origens humildes, do orgulho que sua família sente dele, o único universitário, o prodígio. Me pergunta se quero acompanhá-lo numa visita ao castelo amanhã. Digo-lhe que sim, que é um passeio encantador e uma das lembranças mais lindas de minha infância. Ele se entusiasma, diz que levará sanduichinhos e uma máquina fotográfica que comprou com seu primeiro salário de bolsista. Seu entusiasmo me enternece um pouco, de repente diz: li que o castelo é lindo. Ele fala embolando as palavras, *liqueocasteloélindo*. Depois deixo de escutá-lo, ele fala, e eu penso em como vou cortar o cabelo. Primeiro vou cortar as pontas e depois vou subindo com a tesoura até onde me animar. Se não ficar bom não importa, aqui ninguém me conhece. Miguel Javier é um nome horrível, cacofônico. O jeito com que ele se apresenta, com o nome assim, composto, maltrata um pouco o ouvido. Miguel Javier me pergunta em que estou pensando, diz que lhe pareço distraída. Respondo que foi um longo dia, que estou cansada, e me despeço para que nos encontremos na manhã seguinte no café da manhã.

Depois de tomar banho e cortar o cabelo, me sinto exausta. Caio morta de sono em minha cama de princesa exilada, minha cama de falsa estudante, minha cama de turista solitária, de refugiada. Estou a salvo. Não existe coisa melhor no mundo neste momento do que a solidão de meu quarto alugado, meu esconderijo europeu sem luxos, mas cheio de conforto, as sólidas persianas da janela, o edredom branco, o travesseiro impecável. Lembro do conto da princesa e a ervilha, a garota debaixo da qual colocaram uma ervilha e sete colchões para que se comprovasse que tinha sangue azul. A coitada não dormiu a noite inteira. Mas eu sou uma falsa princesa e nada vai me tirar o sono. Começo a adormecer sem vozes que me angustiem, sem tremores, sem nada que me incomode, e me sinto uma vencedora: vim para a Alemanha para conseguir dormir sem interrupções. Cheiro os lençóis limpos, imagino que sou outra pessoa, alguém que só se importa com o que fará amanhã, o que irá comer no café da manhã, por quais ruas caminhará.

Desperto com batidas na porta. Por um instante penso que sonhei, mas voltam a bater e vejo que já é dia. Levanto-me e abro a porta, ainda de camisola. O tucumano está de pé à minha frente, fazendo um gesto entre feliz e reprovador: *já são oitimeia!*, diz.

Peço-lhe que me espere lá embaixo e que me dê tempo de trocar de roupa. Fecho a porta e me visto murmurando as respostas que não lhe dei: *Mas que cara é essa? Nunca mais bata na minha porta a essa hora, tucumano desorientado.*

Desço até o refeitório, o panorama estudantil é igual ao do dia anterior, exceto pelo fato de que agora tenho um conhecido no meio de todos os estudantes. Ali está ele, parado na fila da cafeteira; quando me vê descer, levanta a mão agitando uma colherinha e exclama: *aqui, aqui!*

Já sentados à mesa, o tucumano me explica que o café e o leite são fornecidos pela residência, mas que as outras coisas são compradas pelos estudantes, que as guardam etiquetadas na geladeira. Como não tenho nada para meu café da manhã, ele me oferece suas coisas e me avisa que o armazém fecha aos domingos e que eu deveria fazer minhas compras ao voltar de nosso passeio. Entre as coisas que me oferece há presunto, queijo fresco e doce de batata. Depois me mostra um *tupperware* com uns sanduichinhos cheios de maionese e me diz que os preparou para nossa excursão, bem cedinho, enquanto eu dormia.

O castelo está situado na parte mais alta de Heidelberg e a caminhada da residência até lá dura uma hora. O tucumano vai na frente com sua câmera, e a cada dez passos se volta para comentar algo ou bater uma foto minha. Me olha pela tela da câmera e critica o corte de meu cabelo, diz que o cabelo comprido me caía muito melhor. Penso que não temos intimidade para fazer comentários desse tipo, mas a paisagem é muito bonita e ameniza qualquer mau humor que meu acompanhante possa provocar em mim. Na metade do caminho me sinto muito cansada e preciso parar. Miguel Javier brinca comigo por causa disso. Uma família de norte-americanos, que estava vários metros atrás de nós, nos alcança e pede que tiremos uma foto deles. São um casal de quarentões com três filhos, que devem ter entre cinco e doze anos. Posam para a foto como modelos. Quando devolvo a câmera, o filho menor me abraça. A mãe o puxa por um braço e seguem caminho. Lembro do sonho da noite em que cheguei, a mãozinha da criança que se soltava da minha enquanto corríamos, fugindo do sujeito que olhava para os meus peitos. O tucumano me olha e diz que estou pálida. Abre a mochila, tira o *tupperware* e me oferece um sanduíche. Digo-lhe que não quero, que não estou me sentindo bem, e vomito ao lado do caminho. O tucumano segura minha testa e, quando paro de vomitar, me dá água e um guardanapo para que possa me limpar. Ficamos sentados por algum tempo, em silêncio. Aqui de cima pode-se ver o rio atravessando a cidade, os telhados vermelhos, as cúpulas renascentistas. Aviso o tucumano que já estou me sentindo melhor e me levanto para continuar a caminhada. Para mim você está na doce espera, me diz, enquanto se põe de pé. *Na quê?*, pergunto, paralisada. Grávida, ele responde, e não volta a falar comigo pelo resto do caminho.

A entrada para o castelo custa dez euros, que pagamos resignados. Na porta, pedem-nos para esperar pelo guia espanhol, dizem que o passeio começará em dez minutos. Miguel Javier não me olha nem fala comigo, até parece não me conhecer no meio do grupo de turistas. Rompo o silêncio.

– Como você sabe?
– O quê?
– Como sabe..., como pode se dar conta de que posso estar grávida?

O tucumano me olha com uma expressão diferente; seu rosto, que desde que o vi pela primeira vez me pareceu um pouco infantil, parece amadurecer de repente, como se ele fosse o portador de uma sabedoria ancestral.

– Tenho seis irmãs e quase vinte sobrinhos. Testemunhei a gravidez de todas elas e todos os seus sintomas, inclusive os mais particulares e estranhos. Sei do que se trata. E você, além do vômito, tem essa coisa no olhar.

– Que coisa?
– Essa coisa meio brilhante, meio bêbada.
– Você não me conhece, talvez eu seja assim sempre.
– Pode ser, mas, se eu fosse você, faria logo os exames e iria avisando o pai.

O guia se aproxima e pede a todos que fiquemos ao seu redor para começar o passeio.

IV

Espero mais três dias para fazer um teste de gravidez. Faço contas estúpidas: se julho tem trinta e um dias e agosto também, minha última menstruação deve ter sido... Não lembro. Não lembro quase nada do meu último mês como um casal, só tenho imagens das brigas, das frases que feriam, da luz apagada, do corpo de Santiago sobre o meu, sem nos olharmos, demasiadamente tristes. Não lembro da data da minha última menstruação. Mas lembro como cheguei uma noite à casa de Leonardo e tomamos muita vodka e contei a ele que estava me separando, e como me pediu que ficasse para dormir com ele, e meu corpo em sua cama em cima do corpo dele, seus roncos na madrugada e minha vontade de sair correndo para algum lugar que fosse meu, uma casa minha, uma casa longe de tudo.

Faço um grande esforço para conseguir enxergar em minha memória manchas de sangue, toalhinhas, remédios para cólicas, mas não sei a que mês pertencem essas imagens. Fico com raiva de ter que recordar tantas coisas, vim para longe para descansar delas. Penso que ainda posso ficar menstruada. Nestes dias tenho dormido além da conta, perco o café da manhã, saio para caminhar ao meio-dia e volto para fazer uma sesta. Um dia me ponho a falar com uma japonesa da residência, ela é simpática, estuda filologia alemã, chama-se Shanice. Ela é quase minha única interlocutora nestes últimos tempos. Me dou conta de que também está escapando de algo, mas de forma organizada. Para um japonês, estudar na Alemanha é como ir a uma festa. Shanice, como a maioria dos estudantes da residência, é alguns anos mais jovem que eu. Uma tarde me conta como decidiu ir embora do Japão depois do suicídio de dois colegas da faculdade, e conta isso sorrindo: jogar-se nos trilhos é tão fácil, tão fácil, a gente pode fazer isso mesmo estando contente.

Miguel Javier levanta muito cedo e passa o dia inteiro na universidade, quase não nos encontramos mais. Espero três dias, e no terceiro dia continua o atraso. Não sei como pedir um teste de gravidez em alemão. Peço a Shanice que me ajude. Ela me escuta com muita concentração e encara a coisa como uma missão secreta que deve cumprir à perfeição.

Em pouco tempo está em meu quarto e me entrega uma caixa que comprou na farmácia. Lemos juntas as instruções em três idiomas: fazer xixi no potinho, colocar a fitinha reativa dentro dele, esperar três minutos. Se aparecer uma linha só, é negativo; se aparecerem duas, positivo. Pronto, é simples. Agradeço a Shanice, mas ela não vai embora. Fica me olhando, esperando que eu entre no banheiro e lhe anuncie o resultado. Junto coragem e peço a ela que me deixe sozinha. Ela diz que não, que não vai me deixar sozinha num momento como esse. Está de pé como um soldado nipônico e eu me sinto em dívida com ela e sem forças para lhe explicar coisa alguma. Entro no banheiro com a caixa do teste. Sigo todas as instruções: faço xixi no potinho, apoio-o no chão e ponho a fitinha dentro. Espero os três minutos indicados. Trato de me distrair com o espelho. Minha cara está cada dia mais parecida com a de minha mãe. Ela estava grávida de mim quando chegaram a esta cidade, e não sabia. Terão festejado ao descobrir? Meu pai terá saído para comprar pão, salsichas, vinho? Terão brindado? Terão ficado acordados até a madrugada fazendo planos, pensando em ligar para a família e dar a notícia? Terão rido?

Me agacho para ver mais de perto o que acabo de ver de pé. Há duas linhas fortes e definidas, viro a fitinha, sacudo-a, volto a olhar para ela e as duas linhas continuam ali. Lavo as mãos e saio do banheiro. Shanice está sentada na beira da minha cama e me olha, expectante. Digo-lhe a verdade: deu positivo, já vou pensar no que fazer. E peço-lhe duas coisas encarecidamente: que não conte a ninguém e que, por favor, saia. Shanice me abraça antes de sair e me deixa só. Fecho a porta com a tranca e dou algumas voltas pelo quarto, depois me sento na cama. Abro um pacote de bolachas e um suco de maçã que comprei essa tarde. O suco está delicioso, e sinto que os músculos do corpo todo relaxam, que meu peito fica oco e que minha mandíbula treme. Afundo a cabeça no travesseiro e me ponho a chorar até pegar no sono.

Dois

I

Chove em Heidelberg. É sábado, e o refeitório se transformou numa sala de reuniões para muitos estudantes que desistiram de seus passeios de fim de semana. Depois de um dia inteiro sem sair do quarto, resolvo descer. Miguel Javier joga xadrez com um ruivo barbudo. Já o tinha visto antes, creio que é de algum país do Leste e que são colegas na faculdade. Me alegra ver o tucumano depois de tantos dias e me sento numa mesa perto deles, esperando que terminem para conversar um pouco, sobre qualquer coisa, e me livrar desta sensação de confinamento. O tucumano me olha de lado, sem perder a concentração no jogo, move um cavalo e fala comigo.

– Está se sentindo melhor?
– Sim, estou bem. Você tinha razão.
– Melhor assim, eu sempre tenho razão.

O ruivo faz um movimento que não consigo ver e o tucumano se desespera. Põe a mão na testa e resmunga entre dentes. O ruivo me olha e sorri.

Acho que minha presença distraiu o tucumano e agora ele está perdendo por culpa minha. Levanto-me e vou para uma mesa que acabou de ficar livre, mais perto da janela, de onde posso ver o jardim sob a chuva. Frau Wittmann se aproxima e pede que eu a ajude a pendurar umas cortinas que chegaram da lavanderia. Suponho que me escolheu porque estou sozinha e não estou fazendo nada. Ao nosso redor, todos conversam ou leem ou falam por Skype, em diversos idiomas. O pedido me surpreende um pouco. Como é que a gerente de uma residência tão grande não tem alguém para lhe ajudar, um empregado?

Ela me alcança as cortinas, metros de tecido pesadíssimos que tenho que enganchar nos trilhos da janela. Subo numa mesa e Frau Wittmann, embaixo, vai me dando as indicações. Ao me ver ali de pé, o tucumano se levanta e me diz para descer, que sou uma inconsciente. Desde nossa caminhada até o castelo, desde meu vômito revelador à beira do caminho, o tucumano não deixou de me tratar com certo desprezo. Todo o entusiasmo que depositara em mim se converteu em decepção, e quase não voltou a olhar para mim nem a me dirigir a palavra, exceto para me dizer duas ou três coisas em tom de reprovação. Agora abandonou a partida e está em cima da mesa, seguindo as instruções de Frau Wittmann. Eu, que o obedeci em silêncio, não sei bem o que fazer ali embaixo. Quero ajudar, mas não sei como. Na verdade, não sei o que estou fazendo neste lugar, nesta residência que não me diz respeito, nesta cidade conservadora, de fantasia, neste país perfeito e repulsivo. Subo até meu quarto para pegar uma jaqueta e vou para a rua. Caminho sob a chuva ensaiando palavras, frases, tons. Procuro um telefone para ligar para Buenos Aires.

 Coloco duas moedas de um euro e disco o número de minha antiga casa. Enquanto o telefone toca, rezo para que ninguém atenda, entendo que é um erro ligar com tantas dúvidas, mas não consigo interromper a ligação. Resolvo que serei muito direta, que direi tudo sem interrupção, tudo se reduz a duas coisas, as duas únicas coisas que sei com certeza: estou na Alemanha e estou grávida. Santiago, a dez mil quilômetros daqui, atende o telefone. Pergunto como vai. Me diz que Ringo foi atropelado por um carro e que precisará ser operado. A notícia me revolve o estômago. Começo a chorar outra vez. Pergunto-lhe o que o veterinário falou, se Ringo vai se salvar. Diz que não se sabe, e que a vida é assim. Creio que Ringo é o ser vivo que Santiago mais ama, e no entanto usa o tom sarcástico de sempre, o mesmo que usou quando nos separamos. Me diz que, se quiser, posso assistir à operação, que vai ser amanhã de manhã. Digo a ele que não posso, que estou em Mar del Plata. Não sei por que digo isso, foi a primeira coisa que me veio à cabeça. Ele fica calado por um tempo e depois pede que eu lhe mande o número de cliente que tínhamos no Telecentro, assim pode cuidar dos trâmites para que não continuem debitando o serviço em meu cartão, porque não moro mais ali e ele é que tem que pagar. Sim, mando por e-mail, respondo. Ficamos novamente em silêncio. Me pergunta se quero lhe dizer algo mais. Digo que não. Então ele diz para cortarmos a ligação, que a chamada de Mar del Plata vai sair cara e que ele tem que dar a Ringo uns remédios enviados pelo veterinário. Que tudo saia bem, digo. Para você também, e divirta-se em Mar del Plata, responde, e desliga. Fico imóvel por um tempo, com o telefone na mão. Quando desligo, o aparelho me devolve uma moeda de um euro e três de dez centavos.

Caminho muito lentamente, ainda ouvindo a voz de Santiago em minha cabeça, cerrando os punhos dentro dos bolsos da jaqueta. Não posso nem pensar nos ferimentos de Ringo, a simples ideia me dá vontade de vomitar. Em Heidelberg, não se veem cães soltos, revolvendo o lixo ou largados à sombra, como em qualquer bairro de Buenos Aires. Aqui os cães são de raça, pequenos, e andam sempre conduzidos por seus donos, muitas vezes no colo. Há restaurantes que não admitem crianças, mas que permitem que se entre com cães. Caminho um pouco mais, sem rumo. Agora a chuva se converteu num chuvisco fraco e melancólico. Não quero gastar dinheiro num café, mas também não quero continuar a me molhar. Começo a voltar à residência e penso em Ringo, em seu corpo cálido e peludo, em como era reconfortante abraçá-lo ao chegar em casa no inverno, lembro de seus olhos, aquele modo de me olhar como se entendesse, suas orelhas que se levantavam ou se abaixavam de acordo com nosso ânimo, seu jeito de se atirar no pátio para dormir a sesta no verão, de enfiar o focinho na bunda de qualquer pessoa que nos visitasse e de abanar o rabo toda vez que escutava o ruído das chaves de Santiago na fechadura. Me dou conta de que sinto sua falta e de que nunca mais poderei sentir o mesmo por nenhum outro cachorro.

II

Quando chego à residência, Shanice me recebe com uma peruca fúcsia e um vestido listrado, diz que esteve me procurando, que hoje é a noite do karaokê. No pouco tempo em que estive fora, o refeitório foi transformado num salão de festas, com balões nas paredes e uma bola espelhada pendurada no teto. Shanice me conta que estão montando as equipes e que ela me quer na sua. Digo-lhe que canto muito mal e que deveria subir para trocar a roupa molhada. Ela diz que me espera e me dá uma peruca azul e um boá de plumas sintéticas violeta. É divertido, vamos estar todos disfarçados e esquecer os problemas, me assegura, dando gritinhos agudos e agitando as mãos.

Minhas opções para esta noite são: ir dormir, repassar em minha cabeça a amarga conversa telefônica, continuar a fazer cálculos de datas, estabelecer a porcentagem de possibilidades entre Leonardo e Santiago, chorar até cair no sono ou participar do karaokê. Escolho a última. Tomo um banho quente e desço até o salão. Botei um vestido, o único que trouxe, e o boá violeta no pescoço. Trago na mão a peruca azul. Estão todos disfarçados e eufóricos. No som, algum grupo de rock alemão que não conheço. Shanice me pega pelo braço e me arrasta a um canto, coloca a peruca em minha cabeça, arruma-a e diz que ficou linda em mim. Um garoto com uma máscara de esqui e um cachimbo me tira para dançar, apresenta-se como o subcomandante Marcos. Fala com um sotaque que me parece russo, a princípio. Dança muito mal, mas é engraçado. Me pergunta de que me disfarcei.

– De princesa intergaláctica.
– Deve ser um personagem de seu país.
– Claro.
– Se eu fosse você, teria me disfarçado de Evita.
– Como sabe que sou argentina?
– Estou observando você desde que chegou.
– Ah, você é algo assim como um espião zapatista?
– Não, sou um albanês mulherengo.

Reconheço-o imediatamente, é o ruivo barbudo que estava jogando xadrez com o tucumano hoje à tarde. A música para. Shanice, visivelmente bêbada, agarra um microfone e pede silêncio para dizer algumas palavras. Nunca a vi tão excitada, seu alemão corretíssimo é agora uma língua confusa e misturada.

Boa noite a todos! Bem-vindos, noite de karaokê, iurrú, viva o karaokê, viva a música! Hoje todos cantaremos e dançaremos e ninguém triste. Muitos prêmios. Prêmios de beijos para o ganhador! Huuummm, quem será? Talvez você, disfarçado de coelho, quem vai te beijar? A disfarçada de coelha, claro! Sim, hoje festa e vale tudo, ok? Ninguém triste. Viva Heidelberg! Vamos ver qual é primeira canção... (Tira um papelzinho da bolsa e o lê.) É "Papa don't preach", o velho sucesso de Madonna. Quem se apresenta?

Um mexicano travestido com uma bata dourada e uma peruca de Marilyn Monroe passa à frente e começa a cantar imitando Madonna grotescamente. Segue-se a ele uma francesa vestida de Chapeuzinho Vermelho que canta uma canção de Britney Spears, e depois o tucumano, disfarçado de gaúcho, cantando

"Matador", dos Fabulosos Cadillacs, acompanhado por um coro de chineses que canta a letra por aproximação fonética. É tudo muito divertido, e embora tenha precisado de uma enorme força de vontade para participar desta festa estudantil, reconheço que Shanice tinha alguma razão: por um longo tempo, consigo esquecer a horrível conversa com Santiago, minha gravidez, minha aterrorizante incerteza. Além disso, estão servindo umas salsichas saborosíssimas e as melhores cervejas.

O falso subcomandante Marcos pede que eu o acompanhe até a porta para fumar um cigarro. A noite ficou completamente limpa e a lua está enorme, como num filme romântico ou num filme de lobisomem. Falamos um pouco de nossos países, de política, do que gostamos e do que não gostamos da Alemanha. Ele me conta que estudou o peronismo na faculdade, que adoraria visitar a Patagônia e que é fã de Maradona. Marcos – ainda não sei seu verdadeiro nome – tira a máscara de esqui e sorri para mim. Pouco a pouco, seu sorriso se transforma num gesto concentrado e ele passeia seu olhar lentamente por minha testa, minha boca, meu pescoço. Sei que a qualquer momento vai tentar me beijar. Me dou conta de que é muito jovem, como o tucumano, não passa dos vinte e cinco ou vinte e seis anos. Chega perto de mim e passa os dedos na franja da peruca, diz que meus olhos brilham com a luz da lua ou alguma coisa do tipo, que não consigo entender. Digo que tenho dez anos a mais que ele e que estou grávida. Me olha desconfiado, mas logo entende que é verdade. As mulheres grávidas me fascinam, diz, enquanto me aperta contra a parede para beijar minha boca. Por um momento algo em mim resiste, mas em seguida meus braços relaxam e minha boca se abre. Gosto do que ele está fazendo. Afundo meus dedos em sua barba terracota, nos beijamos. Seu cabelo é vermelho e parece palha. Agora, com minhas mãos em sua cabeça, uma imagem me paralisa, a do tapete terracota que comprei com Santiago, em Salta, e que ficava tão lindo ao lado da poltrona. Vermelho e parecendo palha. Um tapete que simulava simplicidade e que nos custou caríssimo e que não serviu para nada porque era uma mentira, porque montar uma casa é uma ficção que pode ser substituída por outra a qualquer momento. Tenho uma revelação: nunca mais quero comprar um jogo de copos, arrumar os quadros na parede, decidir onde colocar o tapete, que parece humilde, mas não é. Não quero ir à floricultura e perguntar quais são as plantas de sol e quais as de interior. Nem quero escolher o tecido para as cortinas, nem a cor do acolchoado, nem o tamanho da biblioteca. Estes tapetes que todo mundo traz do Norte demonstram que tudo é invenção. Prefiro viver refugiada para sempre, enfiar-me na cama dos outros, tomar café da manhã em taças alheias, taças que não escolhi e que me são indiferentes, e não lembrar sequer do nome da rua em que fica a casa em que acordo. Prefiro me surpreender ao abrir a janela, me perguntar como será o bairro, como seria viver ali com tapetes sem história ou com a história de outros, porque de qualquer jeito tudo é sempre muito parecido. O ruivo deixou de me beijar e me olha, calado. Eu lhe peço desculpas, digo que me distraí porque me lembrei de uma coisa. Lentamente, ele volta a se aproximar, apoia todo seu corpo sobre o meu e passeia suas mãos pelos meus braços. Uma força irracional me sobe desde os pés até a raiz dos cabelos. Abraço-o desesperadamente. Ele desata meu sutiã com uma das mãos, baixa uma alça do vestido e beija meu ombro. Fico com muita vergonha de que alguém possa nos ver, levanto a alça do vestido, sorrio para ele. Ele me pega pela cintura e enquanto nos beijamos levanta lentamente o vestido, por baixo, e sinto suas mãos subirem por minhas pernas até prender os dedos em minha calcinha. Penso ouvir alguém me chamar de dentro do refeitório. Como por um reflexo, eu o empurro e ajeito a roupa, ele diz alguma coisa que não entendo, em seu idioma. Depois se afasta um pouco, acende um cigarro e fuma em silêncio olhando a rua. Tento falar com ele, mas não consigo, e voltamos a ser dois desconhecidos, desconfortáveis, isolados da festa.

Ouço o tucumano me chamar lá de dentro pelo microfone: *que venha minha compatriota para cantar uma* chacarera *comigo!*, e grita meu nome várias vezes. Não quero ir, mas algo em sua voz me dá pena ou vergonha e compreendo que só se calará se eu entrar. Digo ao ruivo que já volto e entro. O tucumano está atirado no chão com o microfone na mão, alguns riem dele, outros tentam ajudá-lo a se levantar, mas ele só faz repetir, em espanhol: *minha compatriota, que venha minha compatriota, minha compatriota que está grávida*. Arranco o microfone de sua mão e lhe digo que é um idiota. Ele se põe de pé e, cambaleante, fala comigo.

– Tenha cuidado com esse iugoslavo. É um enrolador, um punheteiro, um cara de quarta categoria.

– Me parece que você está bêbado.

– E a mim me parece que você está linda.

Cai outra vez no chão. Trago-lhe um copo com água, mas ele não reage. Shanice está descalça, dançando sozinha no meio da pista, sem prestar atenção a nada. Um chinês me ajuda a sentar o tucumano numa poltrona em que ele cai de qualquer jeito e nos insulta. Alguns estudantes já começaram a limpar as mesas. Ainda não é tarde, mas a festa parece estar terminando. Vejo ao fundo o falso Marcos sentado junto à Chapeuzinho francesa que cantou a canção de Britney Spears, os dois conversam olhando-se nos olhos e vejo que a mão dele roça insistentemente a perna dela. Fico com raiva e ao mesmo tempo acho engraçado. Olho para todos no salão, estão vivendo o que no futuro recordarão como seu melhor momento, sua época como estudantes, sua aventura estrangeira longe dos pais. Certamente, dentro de dez anos estarão casadíssimos, terão filhos, um bom emprego, e lembrarão com nostalgia destes dias em Heidelberg, dias que nunca vão voltar. Mas eu não pertenço a este grupo, não pertenço a grupo nenhum, mesmo que viaje o mundo inteiro à procura de um lugar em que me sinta em casa. A festa estava linda, digo a Shanice, que parece não me ouvir. E vou dormir sem me despedir de ninguém.

III

Na segunda de manhã, bem cedo, recebo um bilhete por baixo da porta. Como está escrito em espanhol, logo adivinho que é do tucumano. O bilhete diz:

"Perdoe-me pelo papelão de sábado. Não lembro de quase nada, foi muito álcool. Ontem dormi o dia inteiro. Queria dizer que te acompanho ao médico. Você tem que ver um médico. Estive averiguando, o hospital da universidade tem vários ginecologistas bons. Te espero no café da manhã, há *pretzels*, que eu sei que você gosta. E depois vamos ao médico. Miguel Javier."

Será que todas as grávidas vão ao médico assim que se inteiram de seu estado? Será necessário? Eu me sinto bem, já quase não tenho vontade de vomitar e tudo está bastante normal. Acho que o tucumano está exagerando, mas no fundo me alegra muito que alguém se preocupe comigo.

Quando entramos no hospital, o tucumano se move com segurança pelos guichês de informação, marca a consulta e descobre rapidamente onde temos que esperar e qual é o consultório. Há três casais que esperam para ser atendidos antes de nós. A situação me deixa agoniada, mas controlo o impulso de sair correndo. O tucumano sorri, compassivo, e me pergunta se quero que busque um café. Digo que não, e em seguida começo a lhe falar de algumas coisas, como se tivesse pensado nelas com atenção:

— Olha, Miguel, eu ainda não sei o que vou fazer. Estou fora de meu país e em menos de quinze dias meu dinheiro vai acabar. Outro problema é que não tenho certeza de quem é o pai. Possivelmente seja meu ex, mas também poderia ser outra pessoa. Por tudo isso, e porque neste momento, justamente neste momento não esperava por isso, e porque não tenho nada claro, talvez, ainda não decidi, mas talvez a melhor solução seja fazer um aborto.

— Cêtálouca.

— Não. Ajude-me a dizer tudo isso ao médico. Estamos na Europa, ele não vai se horrorizar.

O tucumano fica pensativo e seu rosto se entristece visivelmente, até que nos chamam para entrar no consultório.

O médico que nos atende é um senhor de uns sessenta anos, vestido com um avental verde-água, e se parece um pouco com Daniel Barenboim, o pianista. Pergunta minha idade, meu peso, se já engravidei antes e se tive alguma doença. Quando digo a ele que é minha primeira gravidez, me pergunta por que esperei tanto tempo, e compreendo que não poderei lhe perguntar nada sobre o aborto. Também me dou conta de que deu como certo, desde o primeiro momento, que o tucumano é meu marido. Pede que me deite numa cama atrás de um biombo e que tire a parte de baixo da roupa. Obedeço em silêncio. Enquanto me toca com suas luvas de látex, olho para o teto e procuro pensar em qualquer outra coisa, quero cantar mentalmente uma canção e não lembro de nenhuma, então canto o hino argentino. Canto o hino inteiro duas vezes, sem que me escutem, e quando começo a cantar pela terceira vez, na altura da frase *"ved en trono a la noble igualdad"*, sinto que ele me dá uma pequena pancada no joelho, o que significa que já terminou. Tira as luvas e diz que já posso me vestir, que me espera do outro lado, com meu marido, para falar da gravidez. Vou até lá com os tênis ainda desamarrados e então começa uma espécie de monólogo que nem o tucumano nem eu interrompemos em momento algum:

– Tudo parece muito bem. É uma gravidez de aproximadamente seis semanas. Aconselha-se não ingerir álcool e, definitivamente, não fumar. Se você é fumante e tem dificuldade de parar, o hospital tem programas de ajuda gratuitos. Igualmente, se você consome algum tipo de droga, deve parar agora mesmo. Deve tomar ácido fólico nos primeiros dois meses e levar uma vida normal. Faça uma boa dieta, rica em verduras e fibras, e evite açúcar e sal em excesso. Para as náuseas, você pode tomar um preparado que vendem na farmácia do hospital com a receita que lhe darei agora mesmo. Segundo meus cálculos, o bebê nascerá na segunda semana de março do ano que vem. Vocês devem marcar uma consulta comigo para daqui a dez dias, então faremos a primeira ecografia e poderão escutar as batidas do coração de seu filho. Eu os felicito, este é um momento muito importante na vida de um casal, vocês deixaram de ser dois indivíduos para se transformarem numa família.

O tucumano me convida para almoçar na confeitaria da universidade, vai ter que entrar em aula dentro de quarenta minutos, mas agora está muito preocupado comigo. Passamos na farmácia para comprar o preparado que o médico receitou, agora nos sentamos numa mesa junto à janela e pedimos um prato com verduras ao vapor, uma omelete e uma água mineral, que são, segundo o tucumano, as coisas mais sadias do menu e boas para o estado em que me encontro. Quase não falamos durante o almoço. Depois, numa tentativa de desviar meus pensamentos, pergunto a ele por seus estudos, como vai, se está aprendendo muitas coisas, se sente falta de Tucumán. Ele me conta que sente um pouco de falta das empanadas de carne que sua mãe faz e de sua irmã Marta Paula, que é aquela, entre suas seis irmãs, com quem ele sempre conviveu mais. Penso no mau gosto dos pais para dar nome aos filhos. Marta Paula, assim tudo junto como ele fala, é um nome tão horrível quanto Miguel Javier. Me conta que Marta Paula tem trinta anos e três filhos. Que ela e os filhos vivem com seus pais porque ela é separada, e que trabalha como recepcionista num hotel chamado Miami, perto da estação de micro-ônibus de San Miguel de Tucumán. Que seu ex-marido é alcoólatra e que não lhe dá dinheiro, e que, antes, ele mesmo a ajudava em algumas despesas, mas desde que veio para a Alemanha não conseguiu lhe enviar nada. Também sente falta dos sobrinhos. Antes de vir, estava ensinando o mais velho a jogar xadrez, o menino se parece muito com ele e logo aprendeu a jogar com muita facilidade. Miguel Javier escolheu estudar economia para entender por que existe a pobreza, para entender friamente e em profundidade aquilo que viveu a vida inteira, e antes dele, seus pais, e antes de seus pais, seus avós. Está na hora de sua aula e ele parece não querer se levantar, entusiasmado com os relatos sobre sua família e sua carreira. Digo a ele que não perca a aula, que seria uma bobagem, então ele paga a conta, me dá um beijo na bochecha e se vai. Eu fico ali terminando um café que acabamos de pedir e aproveitando os raios de sol que atravessam a janela. No meio do caminho, o tucumano se vira e volta a me cumprimentar com a mão. Eu o vejo a contraluz, com os olhos semicerrados, cumprimento-o com uma mão enquanto seguro a taça com a outra. O ar cheira a café, o céu está azul, o sol me aquece o rosto, e por um instante me sinto tranquila, como se tudo estivesse no lugar, como se tudo estivesse perfeitamente em ordem.

Olho as mesas, o chão, a porta. Não disse ao tucumano, mas reconheci este lugar assim que entramos. Costumava almoçar aqui com minha mãe quando tínhamos que esperar meu pai terminar suas aulas. A lembrança é tão nítida que me faz estremecer. Neste lugar minha mãe me falava de Buenos Aires, da velha casa da esquina de Entre Ríos e 15 de Noviembre onde meus avós esperavam por nós, e às vezes ficava com uma cara muito séria e logo desviava o olhar para a janela e me mandava terminar a comida do prato para que não a visse chorar. Não sei se chorava porque sentia falta deles ou, pelo contrário, porque estávamos perto de voltar e a casa da rua Entre Ríos era realmente feia, com umidade para todo lado, e com tanta poeira e gordura que parecia que nada poderia limpá-las. Íamos parar nesta casa até que encontrássemos um lugar, e isso a entristecia. Mais tarde, lembraria sempre destes anos na Alemanha com um dos períodos mais felizes de sua vida. Um exílio feliz, um exílio do qual não se quer voltar, não é um exílio. E, no entanto, voltou a Buenos Aires como quem volta para casa e nunca mais pisou em Heidelberg, tampouco eu, até agora, quando já se passaram trinta anos e já sou mais velha do que ela era quando olhava por estas mesmas janelas.

E eu, o que tenho que fazer? Voltar a Buenos Aires, encerrar estas férias impulsivas e luxuosas, retomar o trabalho, alugar um apartamento barato e ter o meu filho. Filho de quem?, penso. Meu, claro. Umas nuvens cinzentas tapam o sol. Ponho minha jaqueta e procuro no bolso umas moedas para deixar sobre a mesa. Não, ainda não vou voltar, não ainda, penso, e suspiro aliviada.

IV

Um grupo de estudantes, uma ambulância, dois policiais e vários vizinhos bloqueiam a entrada da residência. A primeira coisa em que penso é num roubo, mas logo descarto a ideia. À medida que me aproximo, vejo alguns rostos, os olhos de todos muito abertos, a expressão de espanto. O ruivo sai do meio dessa confusão de pessoas e se aproxima de mim. Pede que me sente, diz que, como estou grávida, talvez o que ele tem para me contar altere minha pressão. Digo a ele que pode falar com tranquilidade, que estou muito bem assim, de pé. A japonesa se suicidou, diz, olhando-me nos olhos. Qual japonesa?, pergunto, como se não tivesse certeza de que se trata de Shanice, como se não o houvesse intuído mil vezes ao falar com ela, como se existisse a esperança de que fosse outra, alguma estudante que eu não conheça. O ruivo me abraça, diz que me viu com ela muitas vezes e que sente muito. Depois nos juntamos aos outros e escuto frases soltas: encontraram-na enforcada, deixou uns bilhetes, é preciso avisar os pais. Um policial me diz que não posso passar até que terminem de revisar não sei o quê. Outros dois homens interrogam Frau Wittmann, que põe as mãos na cabeça e logo as leva à boca. Os estudantes se dividem entre os cínicos e os histéricos. Os cínicos falam no clichê do suicídio entre os japoneses, os histéricos têm repentinos e sonoros ataques de choro. O ruivo agora abraça uma norte-americana que se encontra entre os que choram e gemem. Caminho para me afastar dali, quisera chegar ao rio, tomar ar e ficar sozinha, mas um homem com um terno cinzento me alcança antes que eu chegue à esquina e pede que me detenha. Querem me interrogar.

Voltamos caminhando pelo meio da rua. Já desobstruíram a entrada e transformaram o refeitório da residência numa espécie de delegacia policial. Sentamo-nos à mesma mesa em que tomei café da manhã com Shanice algumas vezes. O homem do terno cinzento pega uma credencial e a mostra para mim. Não entendo o que diz, mas dá no mesmo. Sinto uma tristeza forte e desconhecida e queria que este momento terminasse de uma vez. Começa o interrogatório, perguntam meu nome, minha idade, meu estado civil, minha ocupação na Argentina e o que estou fazendo aqui. Diante de meu titubeio na resposta à última pergunta, o homem de terno me lembra que esta é uma residência de estudantes. Digo a ele que estou tratando da papelada para me inscrever num curso de pós-graduação esta semana. Ele parece aceitar minha resposta e me pergunta que relação eu tinha com Shanice, ele não a chama pelo nome, diz "a senhorita Takahashi". Digo que a conheci poucos dias depois de chegar e que conversamos muitas vezes.

— Poderia descrever essas conversas?
— Descrevê-las? Não sei. Por exemplo, tomamos café aqui mesmo em algumas manhãs. Ela estava sempre alegre, sorria muito.
— Ela mencionou alguma vez algo relacionado com algum problema ou com a ideia de se suicidar?
— Não. Sim. Bem, ela me contou que dois colegas seus em Tóquio tinham se suicidado, mas não me falou de nenhum problema.
— A senhorita Takahashi deixou dois bilhetes: um para os pais e um para você.
— Para mim?
— Sim. Isso a surpreende?
— Sim.
— Vou lhe entregar o bilhete.

O homem de terno retira um envelope com meu nome de dentro de uma bolsa de plástico. Ele o passa para mim fazendo-o deslizar vagarosamente por cima da mesa. Abro o envelope, dentro dele há um papel branco com umas poucas palavras escritas em tinta preta. O homem do terno cinzento me pede para ler o bilhete em voz alta.

Me diverti muito e esqueci das tristezas por algum tempo. Tudo que está em meu quarto é para você. Um abraço que dura para sempre. Shanice.

O homem diz que farão um inventário dos pertences de Shanice e que seu quarto permanecerá fechado até que seus pais cheguem, que me agradece por responder ao interrogatório e que já posso me retirar.

    Estou inquieta e meu coração bate forte, quisera que o tucumano voltasse logo de sua aula, quero lhe contar o que está acontecendo, preciso falar com alguém, preciso entender. Sinto as coisas como se estivesse sob o efeito de alguma droga. Enxergo os estudantes como um borrão, por momentos o espaço parece se expandir e as vozes ressoam em ecos graves e distantes. Sento-me no umbral da porta de entrada e fico ali até anoitecer. Se não tivesse saído tão cedo esta manhã, talvez tivesse falado com Shanice, talvez depois do café sua decisão tivesse sido outra. Mas esta manhã tornou-se parte de um passado remoto. A cara do médico parecido com Barenboim já convive com lembranças antigas: minha mãe chorando na confeitaria da universidade, a última noite com Santiago, o karaokê organizado por Shanice. Posso sentir como o tempo se quebra exatamente neste instante, como se fosse um terremoto que partisse a Terra em duas partes, a que conhecemos se afasta para sempre e a que resta é árida e incomensurável. Estou enjoada. Coloco a cabeça entre os joelhos, ouvi em algum lugar que isso é bom para estabilizar a pressão. Noto que estou chorando porque vejo minhas lágrimas caindo no chão. Alguém coloca a mão em minhas costas, quando levanto a cabeça vejo o tucumano sentado a meu lado. Fiquei sabendo de tudo, diz, e me oferece um lenço azul celeste, muito limpo, que tira de um bolso de sua jaqueta.

V

    Essa noite meu quarto me parece maior. A imagem de Shanice sentada na beira da cama, esperando por mim na tarde do teste de gravidez, é tão nítida que me viro para o outro lado e tento dormir olhando para a parede. Seu corpo passará a noite no necrotério.

Consolo-me imaginando que os necrotérios daqui serão lugares limpos, com a temperatura adequada. Numa cidade tão charmosa como essa, nem mesmo estes lugares devem ser desagradáveis. Procuro pensar em outra coisa, qualquer coisa cálida, mas nada me ocorre. Temo que seja uma longa noite. Procuro no chão, ao lado da cama, um dos livros que trouxe. Escolhidos ao acaso, ao fazer a mala em Buenos Aires, peguei em minha biblioteca alguns livros que nunca li. Acendo a lâmpada, o livro é *Enero*, de Sara Gallardo. Conta a história de uma garota humilde do campo. Tem dezesseis anos e está grávida. Uma desgraça. Ela gostaria que o bebê fosse do Negro, um homem por quem está apaixonada. Mas é de outro. Lembro de Marta Paula, quer dizer, lembro do que o tucumano me contou sobre sua irmã Marta Paula. Imagino que a esta hora estará no fim de seu turno na recepção do hotel Miami e me pergunto como voltará para casa no meio da madrugada; se esperará um ônibus, se o ônibus a deixará perto, se ao chegar encontrará seus filhos dormindo ou tomando mate cozido, prontos para irem ao colégio. Sinto-me muito cansada. Olho de novo para o meu quarto, realmente é maior e está mudado. Nas paredes, grudadas com fita Scotch, há fotos que nunca tinha visto: de Brad Pitt, de Einstein, da Hello Kitty. Trato de arrancá-las, mas a pintura se solta, não sei quando foi que entrou alguém e as colocou ali. Mas claro, este não pode ser o meu quarto: a porta está do outro lado, e a cama também. Alguém, de costas a um canto, revira uma enorme mala de viagem. É Shanice. Ela ri e separa as camisetas das camisas, as saias das calças. Tenho medo, mas também fico feliz em vê-la. Está contente como sempre. Shanice me olha e o medo passa. Pede que a ajude a organizar sua roupa, que é toda para mim. Me mostra as etiquetas de cada camiseta e cada vestido, roupa comprada em Tóquio, em Nova York, em Paris, em Frankfurt. Nunca tive roupas tão boas. Penso que, se a gravidez for adiante, em alguns meses nada mais vai me servir, e sinto pena. Shanice tira da mala um longuíssimo cachecol fúcsia. Começa a enrolar o cachecol em volta do meu pescoço e diz que fica lindo em mim. Repete várias vezes que preciso me abrigar porque logo começará o outono na Alemanha. O cachecol me aperta e me faz sentir um calor sufocante. Meus braços despencam, sem forças. Ela percebe meu sufoco, tenta desenrolar o cachecol, mas não consegue, suas mãos estão muito frias e seus dedos são muito finos e rígidos. Diz que vai pedir uma tesoura a Frau Wittmann, que não me preocupe, que com ela vai cortar a lã e arrancar o cachecol. Me desespero, Shanice está morta e ninguém daria uma tesoura a um morto. Acordo muito agitada, a luz está acesa. Não posso continuar deitada. Saio da cama, visto-me rapidamente e desço até o refeitório com o livro de Sara Gallardo. São três horas da manhã. Leio até o amanhecer. Quando volto a meu quarto, faz tempo que já é dia.

Acordo ao meio-dia, Frau Wittmann me intercepta na escada e diz, num tom preocupado, que me restam apenas três dias para apresentar um certificado de estudante. Respondo algo rapidamente, dou algumas desculpas, mas acabo lhe assegurando que trarei um certificado. Em seguida me diz que os pais de Shanice chegarão esta tarde e que querem falar comigo.

Saio e peço um café na Markplatz, no mesmo lugar em que tomei café da manhã no dia em que cheguei. Naquela manhã, eu não sabia de minha gravidez e também não tinha conhecido Shanice. Estava com o cabelo comprido até a cintura, e ele me pesava como um manto de tristeza. Também pensava que não iria conseguir me comunicar com ninguém, mas depois o idioma brotou de alguma parte adormecida de meu cérebro e agora posso falar com todo mundo. Esta tarde verei os pais de Shanice. O que se pode dizer a duas pessoas que acabaram de perder uma filha? Esse pensamento me provoca um calafrio que percorre toda a espinha. Não tenho ideia de quem realmente era Shanice, nem sei por que quis deixar suas coisas para mim. Conversamos algumas vezes, ela ria muito, nada mais que isso. E o episódio do teste de gravidez, que foi curto porque logo lhe pedi que me deixasse só. Ontem o tucumano disse algo que achei engraçado: os japoneses são misteriosos, não é preciso querer entendê-los. Pago o café e caminho à margem do Neckar. Uns turistas italianos me pedem para bater uma foto sua. Quando lhes devolvo a câmera, me perguntam de onde sou, e por um instante não consigo me lembrar.

Três

I

Os Takahashi me cumprimentam estendendo a mão com uma expressão triste, mas amável. Sentamo-nos no hall de entrada da residência, nas poltronas em que alguns estudantes se beijavam na noite do karaokê. Frau Wittmann nos traz um chá e nos deixa a sós. Os Takahashi me fazem perguntas sobre os últimos dias de Shanice; não parecem interessados em encontrar explicações sobre sua morte, mas sim em guardar em sua memória algumas imagens a mais da filha. Falamos em inglês, eles de forma suave e fluida, eu de forma agitada, cortada, pensando muito cada palavra, cada conjugação verbal. Falo tudo com cuidado, mas não há muito a dizer. Repasso em minhas lembranças cada encontro com Shanice e enriqueço-as com detalhes que possam lhes parecer simpáticos. Entre frase e frase, ficamos longos instantes em silêncio, trocamos sorrisos amargos e às vezes mudamos de assunto, falamos do clima na Alemanha, da viagem de Tóquio para cá, da infância de Shanice, uma criança a quem nunca faltou nada. A senhora Takahashi me agradece pelo tempo que dividi com sua filha. Ela gostava de você de verdade, diz. Penso que isso é um absurdo, que é um carinho imerecido, que aquilo que conheceu de mim foi tão fugaz que todos esses sentimentos só podem ter sido uma invenção de sua imaginação. Por pudor, não digo a eles que não chegamos a ser exatamente amigas, e me surpreendo agindo como se sua perda fosse quase tão dolorosa para mim quanto para eles. Porém, à medida que a conversa avança, que vejo em seus rostos os traços de Shanice, sinto que ela realmente me faz falta, que quero vê-la, que sua ausência também me fere de algum modo profundo.

Não haverá velório e decidiram enterrá-la aqui em Heidelberg. Por algum motivo estranho, consideram que sua filha foi feliz nesta cidade em que se suicidou e que gostaria que as coisas fossem feitas assim. A senhora Takahashi me pede que a ajude a escolher a roupa com que vestirão o corpo para o enterro. Depois me diz que ela e o marido estão a par do bilhete e que vão atender o desejo de Shanice. Uma vez escolhido o vestido, o resto das coisas ficará com você, diz o senhor Takahashi. E para o seu filhinho que está por chegar, diz sua mulher. E acrescenta, inclinando a cabeça: Shanice nos deixou uma longa carta em que conta como lhe ajudou com o teste de gravidez, e que nessa tarde tinha se sentido útil e emocionada, que tinha sido um grande dia.

Ao enterro comparecem uns poucos estudantes, dois professores, Frau Wittmann, os Takahashi e eu. É uma manhã cinza, de chumbo, a cerimônia é melancólica e perfeita. Poderia ser o final de um filme muito triste. O tucumano chega correndo, se põe ao meu lado e percebo que a cena muda instantaneamente, que com ele aparece um elemento dissonante, estridente. Não encontrei sapatos pretos, fala ao meu ouvido. Vejo que está com uma roupa escura e com mocassins marrons claros. Sua tentativa de parecer cerimonioso me provoca um riso que contenho com todas as minhas forças. O senhor Takahashi agora chora e diz algumas palavras em japonês. Não entendemos o que estas palavras significam, mas todos sabemos que isso que sai de sua boca é um uivo de desconsolo. Aperto com força a mão do tucumano. Um silêncio sufocante cai sobre todos. Vejo que alguns abaixam a cabeça e fixam o olhar na terra que cobre

Shanice, reviram com os olhos os escombros, como se o mistério do mundo se escondesse neste pedaço de solo revolvido.

II

Embora eu tente disfarçar meu espanto, a quantidade de coisas que há no quarto de Shanice me paralisa. Sua mãe vai separando os objetos e classificando-os diante dos meus olhos. A tarefa parece lhe dar algum alívio e por alguns momentos creio até que a diverte. Digo-lhe timidamente que não mereço todas essas coisas. Ela me interrompe, abrupta, agita os braços como Shanice fazia e diz que não posso me negar, que está tudo decidido, que essas coisas só terão valor se ficarem comigo, caso contrário irão para o lixo. Os Takahashi são ricos, penso. Qualquer um pode se dar conta disso. No quarto de Shanice há: duas máquinas fotográficas, um telefone celular, um notebook, um iPod, um iPad, um destes aparelhos para armazenar livros eletrônicos, um reprodutor portátil de DVD, um secador de cabelo, uma maleta com produtos de maquiagem, um pequeno cofre com anéis, pulseiras, fivelas e colares, cinco pares de sapatos, três pares de sandálias, três pares de tênis, cinco calças jeans, duas de linho, dois casacos de lã, duas jaquetas impermeáveis, oito camisas, onze camisetas, sete vestidos, seis pulôveres, dois cachecóis, um relógio de pulso, uma garrafa térmica, três cadernos, um depilador elétrico, uma boneca Hello Kitty, um dicionário alemão-japonês, óculos de leitura, óculos de sol, uma coleção de cartões postais de castelos, um mapa de Heidelberg, um mapa de Frankfurt, uma gramática alemã, uma gramática espanhola, revistas de moda, duas carteiras, uma bolsa, duas malas.

Quando termina de classificar as coisas, a senhora Takahashi está exausta, mas a expressão de seu rosto mudou, parece mais jovem e vital. Colocamos tudo em caixas e agora o que devo fazer é levar tudo para o meu quarto. Ela diz que vai para seu hotel descansar um pouco e que à tarde vai me pegar aqui para irmos tomar chá. Não sei como agradecer este presente enorme, sinto-me estranha, um pouco desconfortável. A senhora Takahashi sorri e me diz que posso dar de presente ou jogar fora aquilo que não quiser guardar, e vai embora dando passos curtinhos e apressados. Bato na porta do quarto do tucumano para pedir que me ajude a carregar as caixas. Ele abre a porta com um livro na mão e um lápis na boca, ainda com o terno, mas descalço. Pede que o espere um pouco, que já vem. Alguns minutos depois, sai do quarto com o cabelo molhado e penteado para trás, está de tênis e parece feliz. Anda à minha frente pelo corredor como um menino em busca dos presentes que os reis magos deixaram para nós enquanto dormíamos.

Miguel Javier está mais entusiasmado do que eu com a herança que recebi. Enquanto esvaziamos as caixas em meu quarto, exclama frases como: *Nossa! Quanta grana tinha essa japa!* Olho para ele, séria, ele se desculpa, mas depois me diz que fica indignado com o suicídio dos ricos, que respeita, mas fica indignado. Abro a caixa de sapatos e vejo que ficarão pequenos em mim. Pergunto ao tucumano quanto calça Marta Paula. Diz que não se lembra, mas que certamente estes sapatos irão servir em sua irmã, e começamos a arrumar uma caixa com presentes para enviar a Tucumán.

Enchemos a caixa com os sapatos e com algumas roupas. Depois ficamos revisando as câmeras fotográficas e o celular de Shanice. Há vídeos em que ela filmou a si mesma arrumando seu quarto, fazendo anotações em aula, comprando sapatos, subindo até o castelo. Em alguns deles fala em japonês, noutros em alemão, vai descrevendo cada coisa que vê com um entusiasmo exagerado. Não sei se planejava enviá-los a alguém ou se simplesmente gostava de se ver. Os vídeos são entediantes e bastante tolos, mas o do castelo é diferente, é bonito. Shanice sobe pelo teleférico, há vários turistas sorrindo e em seguida a cidade vista do alto, enquanto ela canta, afinada e lindamente, uma canção em japonês, uma melodia infantil e melancólica. Lembro de minha subida ao castelo caminhando com o tucumano e de que ele previu minha gravidez, também me lembro das vezes em que subi em minha infância, são lembranças pouco nítidas e felizes, mas também têm algo de melancólico. Pergunto-me se naquele dia Shanice já havia decidido se matar. Vejo-a entrando em um dos pátios do castelo, filma os próprios sapatos, uns sapatos azuis lindíssimos que acabamos de colocar na caixa para enviar a Marta Paula. Daqui a pouco estes sapatos pisarão os tapetes gastos do hotel Miami, o chão da velha casa de Miguel Javier, as ruas do bairro Palmeras. Não sabia que existia um lugar com este nome, leio-o no endereço que o tucumano escreveu no pacote que fizemos. Hotel Miami e bairro Palmeras, não sei se Miguel Javier vai perceber a falta de sentido que estes nomes carregam. Num determinado momento do vídeo, Shanice se detém para filmar uma parede do castelo, é uma ruína coberta de hera. A tomada é muito longa e não varia nunca, dura dezessete minutos. O tucumano repete: os japoneses são misteriosos, não é preciso querer entendê-los.

Como havia avisado, a senhora Takahashi passa para me pegar algumas horas mais tarde, para tomarmos chá. Trocou de roupa, agora está com um vestido claro muito diferente do traje escuro e pesado que usou no enterro. Eu estou louca de sono e gostaria de ter ficado dormindo a sesta, mas aceito o convite sem pestanejar. Caminhamos até a Markplatz, mostro a ela o lugar em que tomei café no dia em que cheguei, conto como foi aquela manhã, meu longo passeio pelos lugares em que tinha vivido a primeira parte de minha infância, dos quais quase não me lembrava. A senhora Takahashi se interessa por tudo que lhe conto e o demonstra abrindo muito seus olhos rasgados e sorrindo para cada coisa que lhe parece simpática. Me interrompe brevemente para fazer comentários sobre a beleza da cidade e sobre como conhecer lugares novos a deixa entusiasmada. Mostra algo em cada esquina, tudo lhe parece fantástico. Sua atitude poderia ser bastante normal vista por alguém que não soubesse que viajou para enterrar sua única filha nesta mesma manhã. Quando estamos quase entrando no bar, me pergunta se não haveria um lugar com gente mais jovem. Não entendo sua pergunta e tenho que lhe pedir que a repita várias vezes. Quando finalmente entendo, ofereço levá-la à confeitaria da universidade, que está cheia de estudantes. Ela sorri com a cara toda e agita os braços, exclamando: *Sim, sim, é para lá que quero ir!* E para lá nos dirigimos.

    A senhora Takahashi fica fascinada pelo lugar. Pede um chá de ervas e uma torta de pera para nós duas. Estamos cercadas por estudantes de vinte e poucos anos, de todas as partes do mundo. Talvez algum deles tenha sido colega de Shanice. A senhora Takahashi observa-os com a taça na mão e me diz: *Este ano farei sessenta e dois anos, pode acreditar?* Realmente, parece muito mais jovem. Quase não tem rugas e seu olhar tem um brilho sempre novo e expectante. Já não sei sobre o que conversar, falo do chá, da torta, das maravilhas da confeitaria alemã. Ela agora olha insistentemente para um estudante negro, possivelmente centro-americano. Olha-o de um modo que começa a me incomodar e me diz que o acha lindo. Sorrio, assentindo com a cabeça, e entendo que neste momento nos convertemos, ao menos para ela, em amigas confidentes, e que a partir de agora a coisa vai ficar cada vez mais estranha. *Você acha que os estudantes estrangeiros têm mais relações sexuais do que os alemães?*, pergunta. Lembro do albanês e de nossa intrépida e fugaz aproximação. Não sei, respondo, até agora não pude comprovar nada disso. A senhora Takahashi me conta que quando estava grávida de Shanice sentia desejo sexual por todos os homens que conhecia, não importava que fossem feios ou que fossem parentes, e ri estrepitosamente. Em seguida se acalma e me diz que sempre foi fiel a seu marido, e que o lamenta, que a vida é muito curta e que o sexo é a melhor experiência que pode nos acontecer. O estudante negro toma café na mesa em frente, com um grupo de jovens que riem e trocam fotocópias, e de vez em quando levanta a cabeça e nos dedica uns breves olhares. Pergunto-me o que o senhor Takahashi estará fazendo neste momento, se terá conseguido dormir, se poderá descansar, se terá fechado as persianas de seu quarto no hotel para ficar no escuro, se estará chorando. Comento os vídeos de Shanice com a senhora Takahashi, pergunto se quer ficar com eles, se quer que lhe faça uma cópia, digo a ela que há um especialmente bonito de uma subida ao castelo. Ela conta que Shanice costumava enviar-lhes esse tipo de vídeos e que não preciso fazer cópia nenhuma. O estudante negro se levanta e vai embora junto com seus colegas, a senhora Takahashi segue-o com o olhar e ele se volta por um instante para olhar para ela. Ela suspira, sorve um pouco de chá e depois de um tempo me diz que quer prolongar sua estadia em Heidelberg por umas duas semanas, que seu marido deve voltar para suas atividades em Tóquio, mas que ela decidiu ficar. *O que você vai fazer amanhã?*, pergunta. Tento inventar alguma coisa rapidamente, mas não consigo. Nada especial, digo. Quero conhecer este castelo, ela diz, e me pede que, por favor, a acompanhe, que passará bem cedo para me pegar.

III

Meu quarto está lotado com as coisas de Shanice, esparramadas pelo chão e em cima da cama. Ainda não tomei consciência do valor de cada uma delas, mas me entusiasma ter de novo um notebook. Acho que vou vender uma das câmeras fotográficas, esse dinheiro me permitirá pagar pela residência no próximo mês. Abro o computador de Shanice, centenas de documentos se abrem à minha frente, a maioria deles em japonês. Há uma pasta de arquivos com fotos de sua infância, em muitas delas ela está com seu pai. Uma japonesinha linda e bochechuda posando num parque de diversões, numa sorveteria, numa estação ferroviária. O senhor Takahashi com vinte anos a menos, verdadeiramente bonito. E sua esposa? A mãe de Shanice não aparece em nenhuma imagem.

Eu deveria salvar todos estes arquivos em algum lugar e deixar o computador limpo para poder usá-lo. Ter outra vez um computador me permitirá, a princípio, conectar-me com Buenos Aires. Mas o cansaço me toma por completo e, mesmo que queira continuar acordada, não tenho escolha. Talvez seja por causa da gravidez, penso. Adormeço murmurando coisas que não entendo.

Chove. A senhora Takahashi não veio. Enquanto acabo o café da manhã no refeitório, planejo voltar a dormir. Lembro dos documentos de Shanice, ontem à noite fiquei até as três horas da manhã tentando decifrar suas coisas, e enquanto o fazia consegui não escutar essa voz constante dentro de mim a perguntar: o que você vai fazer?

Suponho que a senhora Takahashi já não virá, que suspendeu o passeio por causa da chuva. Agora que tenho um notebook e posso me conectar à Internet, deveria responder meus e-mails.

A simples ideia me deixa de mau humor. Em Buenos Aires fazia isso todos os dias, mas aqui tudo é diferente, aqui o tempo avança de forma estranha e nada é igual. Por quanto tempo mais poderei desaparecer também da Internet, da vida dos outros, deixar que se acumulem os e-mails de gente pedindo explicações, demonstrando preocupação, reclamando de coisas de que já nem me lembro? Por quanto tempo mais poderei retardar minha volta? E se todos, afinal, me esquecerem? Uma pessoa esquecida é como um morto, e ninguém quer os mortos de volta ao mundo dos vivos. Quase sem que me dê conta, Frau Wittmann se senta à mesa e me pergunta pelo certificado de estudante. Sua voz me sacode, digo a ela que esta tarde o trarei. Saio à rua vestida com uma das jaquetas impermeáveis de Shanice e caminho até a universidade em busca de uma solução.

IV

Uma secretária alta e loira me atende no escritório que trata dos assuntos dos alunos da universidade. Explico a ela que gostaria de me inscrever em algum seminário de pós-graduação, de preferência relacionado com literatura ou história ou qualquer coisa da área de humanas. Sei que meu pedido tem algo de absurdo, que não é assim que se fazem essas coisas. A secretária me olha impávida e calada. Deve estar pensando no quanto meu pedido é suspeito, no meu sotaque estrangeiro, e deve estar tratando de dar um sentido a minha aparição. Ela me mostra formulários, planilhas, calendários. Tenta ser amável, mas é rígida: o semestre letivo já começou e as inscrições para os cursos estão encerradas. Quisera perguntar-lhe se não haverá uma oficina, talvez, algo extracurricular, mas ela já retornou a suas atividades e nem olha para mim. Me sinto nauseada. Saio à procura de água e de um lugar para me sentar. Vejo que na sala contígua à que acabo de sair estão dando aula com a porta aberta. Entro e ocupo um dos últimos lugares livres. Ninguém nota minha presença. É um enorme salão de madeira, antigo, de formato semicircular. Creio reconhecer o lugar, o cheiro, tenho a impressão de já ter estado ali antes. O professor que está falando tem um sotaque familiar. Fala um alemão muito bom, mas seus erres e a cadência de suas frases me soam como argentinas. Pergunto a uma garota sentada à minha frente como se chama a disciplina. Pensamento Latino-americano, ela diz. E acontece algo que eu só poderia explicar como um milagre. Reconheço o professor. É Mario, um antigo aluno de meu pai que viveu muito tempo conosco aqui em Heidelberg. Tinha chegado fugido da Argentina, logo depois de terem invadido sua casa, e aqui aprendeu o idioma e concluiu seu curso. Eu ia tomar sorvete com ele na Markplatz e o ensinava a pedir os diferentes sabores em alemão. Com ele subi até o castelo várias vezes, e, cada vez que subíamos, ele me contava uma história inventada. Havia uma de que eu gostava muito, agora não lembro direito, mas sei que se tratava de uma princesa chamada Blancaflor, que tinha feito um bolo no forno da cozinha do castelo, e o bolo tinha crescido até o teto, subindo com muita força e quebrando tudo. Este homem que está aí falando de não sei qual teoria de Astrada é Mario, o rapaz nervoso que roía as unhas, que chorava emocionado quando recebia cartas de Buenos Aires, que lavava os pratos assobiando, que me ensinou a descascar uma laranja em espiral. Este homem um pouco velho e desajeitado, com óculos de lentes grossas e voz rouca, a quem todos ouvem com atenção, foi meu primeiro amigo.

Mario limpa os óculos, coloca-os de novo, olha para mim. Acabo de me aproximar dele, entre alunos que lhe falam de datas de provas e de bibliografia, digo *Olá, Mario*, e seu rosto fica todo vermelho. Imagino que aqui ninguém o chame pelo nome e muito poucos devem falar com ele em espanhol. Tenta me reconhecer, sorri timidamente, murmura palavras e frases pela metade. É difícil que possa me reconhecer, a última vez que me viu foi há quase trinta anos. Mario me abraça. Agora quem fica vermelha sou eu, não posso acreditar que tenha me reconhecido. Rimos, voltamos a nos abraçar. Alguns estudantes chegam perto dele, chamam-no de Herr Professor e lhe falam de um artigo que devem ler para a próxima aula. Ele me pede que o espere na porta, diz que não pode acreditar que me vê aqui, que essa é a surpresa mais linda dos últimos anos.

Mario me convida para ir a sua casa. No caminho, confessa que conseguiu me reconhecer porque sou muito parecida com minha mãe e porque, um tempo atrás, me procurou na Internet e viu algumas fotos. Vive sozinho num apartamento bastante grande, que aluga há muitos anos. Preparamos um macarrão com molho de tomate e carne e não deixamos de falar por um só momento. Conto-lhe tudo: falo da gravidez, das dúvidas em relação a quem será o pai, do suicídio de Shanice, de meu amigo tucumano, da senhora Takahashi, de minha vida na residência de estudantes e da pressão de Frau Wittmann. Mario me ouve com uma atenção que me enche de tranquilidade. Depois de comermos, vai buscar umas caixas e começa a me mostrar fotos e cartas de nossa antiga vida em Heidelberg. Nas fotos, sou uma criança, e ele é alguns anos mais jovem do que sou agora. Me fala de como conseguiu se adaptar e de como decidiu não voltar mais a Buenos Aires, embora tenha tido que fazê-lo várias vezes. Disse que não suportaria voltar a caminhar pela cidade, que seu primeiro e grande amor desapareceu em 1979 e que seus pais já morreram. Compreendo que Mario é homossexual, que sempre o foi. Este amor de que fala foi um rapaz muito bonito, de olhos grandes e expressão alegre, há várias fotos suas que tiramos das caixas. Diz que não poderia estar em Buenos Aires sem poder encontrá-lo, imaginando tudo que fizeram a ele, que não tem a coragem dos familiares de desaparecidos, que poderia enlouquecer de dor. Me conta isso quase sem nostalgia, como se estivesse explicando as causas de algum fenômeno que se pudesse entender.

Quer ir falar com Frau Wittmann, apresentar-se a ela como professor titular da universidade e garantir que sou uma estudante. Digo a ele que qualquer papelzinho que consiga será suficiente. Ele me pergunta qual é a graça de viver ali. Não sei como lhe explicar, estar ali é como não estar em lugar nenhum, é estar só, mas com muita gente, ter tudo sem ser dona de nada e passar despercebida. Digo que ficar ali é barato. Ele me oferece ficar em sua casa, diz que há um quarto livre e que posso ficar o tempo que quiser. Eu lhe agradeço e digo que vou considerar. Ele insiste, diz que quando a gravidez avançar será melhor não estar sozinha. Lá fora continua a chover. Sobre a toalha branca, entre migalhas de pão, pratos manchados de molho e taças vazias, ficaram espalhadas umas quantas fotos velhas e papéis amarelecidos. Ficamos um tempo em silêncio e depois recolhemos as coisas, guardamos com cuidado cada foto, como se fossem um tesouro cujo valor apenas nós conhecêssemos. Fazemos café. Mario me promete que hoje mesmo cuidará do certificado e sorrimos, sabemos que agora estamos um pouco menos sós e um pouco menos frágeis.

V

A senhora Takahashi aparece na residência à noite. Estou a ponto de subir até meu quarto para tomar banho e me enfiar na cama quando a vejo parada na porta com um vestido preto e os lábios pintados de um vermelho intenso. Digo que a esta hora já não posso deixá-la entrar, e me pede que saia. Diz que está de táxi, que me convida para jantar. Digo a ela que meus planos são tomar uma sopa e ir dormir, mas ela roga, suplica para que a acompanhe. Entramos no táxi. Pergunto pelo senhor Takahashi, me responde que partiu esta manhã para Tóquio. *Aonde vão os estudantes à noite?*, me pergunta, ansiosa. Não sei, digo, sem disfarçar meu aborrecimento. Ela faz a mesma pergunta ao taxista, que nos deixa num antro escuro e barulhento onde servem muito álcool e pouca comida. Prometo a mim mesma que esta será a última vez que vou concordar em fazer uma coisa assim. Mas agora já estou aqui e procuro encontrar algum sentido nisso tudo. Olho o menu, há um combo com uma bebida, batatas e outras coisas para beliscar. Peço ao garçom que, por favor, prepare a bebida com pouco álcool, repito isso várias vezes porque a música está muito alta. A senhora Takahashi pede champanhe e uns croquetes de peixe. Dois alemães de idade indefinida aproximam-se de nossa mesa e perguntam se podem nos fazer companhia. A senhora Takahashi aceita. O garçom traz os nossos pedidos e os alemães pedem cerveja. O que estão fazendo por aqui?, um deles pergunta. É a noite das meninas, responde a senhora Takahashi. *Oh, gut, gut, gut,* diz o outro, e pergunta-nos por que estamos em Heidelberg. Somos turistas, respondo, mas a senhora Takahashi levanta a mão, interrompendo-me: eu vim para o enterro da minha filha, que era estudante. Os alemães a olham, surpresos, e pedem que repita o que disse, que há muito barulho e não ouviram bem. Ela repete, mais alto: vim para o enterro da minha filha que se suicidou há três dias, mas isso já passou, agora é a noite das meninas. Os alemães se olham, intrigados. O garçom traz as cervejas. A senhora Takahashi propõe um brinde a esta linda cidade cheia de gente bonita. Nós quatro erguemos os copos, brindamos e bebemos em silêncio. Depois, um dos alemães, o mais alto, nos conta que está festejando o primeiro ano de seu divórcio e que fica contente de fazê-lo ao lado de mulheres tão bonitas. A senhora Takahashi ri. Eu começo a me sentir enjoada. A senhora Takahashi se levanta e começa a dançar ao lado da mesa, exultante. O alemão mais alto agora a imita e dança com ela. O outro olha para mim e diz que estou pálida. Quero me levantar, mas não consigo. Digo a ele que estou me sentindo mal e vomito sobre seus sapatos; o alemão grita, eu vomito mais uma vez. O garçom vem e nos insulta; a senhora Takahashi diz a todos que estou grávida. Peço que chame um táxi imediatamente e me leve para a residência. Com um tom didático, o alemão mais alto declara que as grávidas não devem ingerir álcool. A senhora Takahashi deixa algumas cédulas com o garçom, vai até a porta e chama um táxi. Dentro do carro, a caminho da residência, ficamos um tempo em silêncio, e em seguida ela me diz, em tom grave: Shanice admirava seu pai e tinha medo de mim. Temia se transformar em alguém como eu, mas ela sempre foi igual a mim, não havia remédio para isso. Ela foi muito corajosa, não acha? Respondo que não sei, que devemos descansar, que foram dias muito difíceis. O táxi chega à residência, saio e o ar fresco me reanima. Antes de abrir a porta, cumprimento a senhora Takahashi com a mão, de dentro do carro ela devolve o cumprimento mal movendo a cabeça, e me parece que chora. Fecho a porta antes que o carro comece a se afastar.

Quatro

I

Pela manhã sinto o mundo dar voltas. Tenho que ficar sentada na cama um pouco, até recuperar o equilíbrio. Penso que meu corpo está se adaptando às mudanças e que tenho que ser paciente. Sinto-me inchada e tenho sono o tempo inteiro. A breve saída de ontem à noite com a senhora Takahashi me deixou esgotada. Hoje, depois de dormir toda a noite, as pálpebras ainda me pesam e tenho cãibras nas pernas e nos braços. Quisera ficar dormindo a manhã inteira, mas fiquei de me encontrar com Mario em sua sala de aula. Dou uma olhada nas roupas de Shanice, as minhas estão quase todas sujas. Visto-me com uma camiseta rosa com um estampado de corações e com uma saia que fica curta em mim. Em Buenos Aires jamais usaria algo assim. Aqui posso vestir qualquer coisa e, além do mais, estou muito cansada para continuar a experimentar roupas. Na porta, cumprimento Frau Wittmann, que está lendo jornal. Ela levanta a vista e me olha sorrindo: mudança de *look*, diz, e volta a sua leitura.

Chego cedo, a aula ainda não terminou. Sento-me num dos assentos próximos à porta. Mario lê, traduzindo um trabalho de Carlos Astrada. Entendo algumas frases soltas, mas me custa dar-lhes algum sentido. Quando termina o texto, repete o último parágrafo em espanhol, de modo pausado e claro, lê: o homem estará sempre fadado a sua grande peripécia terrena: tornar-se humano, encaminhar-se à plenitude de seu próprio ser, em virtude da relação que, no seio de sua condição mesma, o âmbito temporal de sua existência instaura com o ser, o que há de permanente no processo de sua humanidade histórica.

Em seguida fecha o livro e despede-se de todos até a próxima semana, me aproximo e mais uma vez nos olhamos com assombro e nos abraçamos brevemente em meio a uma sala de aula cheia de alunos altos que saem em busca de almoço.

Almoçamos num restaurante encantador ao qual Mario só vai em ocasiões especiais. Diz que é importante conversarmos, que esteve pensando em mim, que lhe parece uma loucura a minha perambulação por Heidelberg sem plano algum, sem trabalho, sem me comunicar com Buenos Aires, sem enfrentar a situação com meu ex-namorado, et cetera, et cetera, et cetera.

Remexo em meu prato com o garfo enquanto o escuto. A roupa de Shanice me aperta um pouco. Quisera voltar para meu quarto, vestir a camisola e dormir o resto do dia. Agora Mario faz uma pausa em seu longo discurso e me olha, esperando uma resposta. Pergunto se tem uma lavadora de roupas em sua casa. Responde que sim, claro, que posso usá-la quando quiser. E ficamos calados por um longo tempo. Agora eu deveria dizer algo que o deixasse tranquilo, em minha imaginação procuro frases que sirvam para lhe garantir que está tudo bem, que só estou dando um tempo, nada mais, que logo voltarei a Buenos Aires e tudo ficará em ordem. Trato de me convencer disso antes de falar, tento parecer tranquila, mostrar a ele que, apesar das circunstâncias, tudo está sob controle. *Por que veio a Heidelberg?*, me pergunta, antes que eu possa abrir a boca. Sorrio. Não sei, talvez a vida inteira eu tenha idealizado estes anos da infância, talvez recordasse esta cidade como um lugar onde o tempo transcorria de outra maneira. Aqui esperávamos que tudo se arranjasse para podermos voltar e, enquanto isso, estávamos como suspensos, felizes, longe. Mario me olha calado, entendo que estes mesmos anos significaram para ele algo muito diferente. Lembro de algumas das frases que leu hoje em sua aula e que ficaram ressoando em minha cabeça, como canções pegajosas: "a grande peripécia terrena", "o âmbito temporal da existência". Repito-as seriamente, como se estas palavras de Astrada explicassem de alguma forma meu andar sem rumo, este parêntese neste momento de minha vida, esta suspensão no tempo que qualquer pessoa adulta e responsável acha difícil de entender. Mario ri e me convida para voltar a sua aula quando quiser, entusiasma-lhe saber que algo do que se disse ali me deixou pensando, mesmo que seja de uma maneira errante, e sua preocupação por mim parece se evaporar, e pedimos uma sobremesa e planejamos futuros passeios a Frankfurt, a Mainz, a Berlim.

– O outono está chegando – me diz, ao sairmos do restaurante –, você tem roupa quente?

– Tenho de tudo, Mario. Tenho de tudo.

II

Levo o computador de Shanice para o refeitório da residência. Decidi abrir minha caixa de e-mails e enfrentar o que quer que apareça ali. Não quis fazê-lo na solidão de meu quarto, por alguma razão prefiro estar aqui, rodeada de gente, como se isso me protegesse de algo. Na tela aparecem todos: família, amigos, chefes, colegas de trabalho, gente que não conheço, avisos do banco, boletos diversos, propagandas. Aí estão, todos esperando uma resposta, e eu, do lado de cá, olho para eles sem forças de responder a quem quer que seja. Me dou por vencida e já ia fechando o computador quando reconheço um nome nesta longa lista de mensagens ameaçadoras. O endereço diz: Marta Paula Sánchez. Assunto: obrigado pelos sapatos. Abro-o, é um texto curto, mas cheio de palavras que logo me aliviam da culpa produzida por não abrir nenhum outro e-mail. Marta Paula escreve que recebeu a encomenda enviada por seu irmão e que quer me agradecer. Diz que também gostaria de escrever para a primeira dona destes sapatos, mas que infelizmente sabe que não poderá fazê-lo. Miguel Javier lhe falou do suicídio de Shanice e lhe disse que a japonesa tinha mais roupas que todas suas irmãs juntas. Me pergunta se sei o que teria acontecido a ela para ter feito tal coisa, que maus pensamentos ela teria. Me conta que falou com suas colegas do hotel e que uma delas lhe disse que é óbvio que foi por causa de um amor não correspondido, mas que ela não acredita que tenha sido por isso. Depois se despede pedindo-me que, por favor, responda a ela quando puder. Que no hotel em que trabalha há Internet e no turno da noite permitem que se conecte porque quase não há movimento de hóspedes, que vai esperar uma resposta.

Não me custa nada responder a Marta Paula. Eu sentiria os dedos me pesarem muito se fosse responder a qualquer outro e-mail, mas neste caso bato nas teclas com a rapidez de uma datilógrafa, como se uma voz frenética me ditasse as frases em que lhe digo que não sei por que Shanice se suicidou, que não creio que haja uma explicação, que sua mãe acredita que Shanice o fez para não se parecer a ela, mas que tudo é um mistério. Escrevo que hoje me vesti com uma de suas roupas, mas que daqui a pouco já quase nada vai me servir, porque estou grávida. Que um tempo atrás me agradava a ideia de ter filhos, mas agora não. Que um tempo atrás eu queria e convenci meu namorado, ou melhor, meu ex-namorado, e tentamos por dois anos, mas nada aconteceu. E que depois não sei o que aconteceu, começamos a conviver mal, cada vez pior, e acabei perdendo a vontade. Que uma noite brigamos muito feio, já nem lembro por quê, e ele me disse que ainda bem que não tínhamos filhos, que eu seria uma péssima mãe, e me disse também outras coisas tão horríveis que senti que sua alma tinha apodrecido. Que saí sem rumo de nossa casa e me lembrei que tinha sido convidada para a festa de aniversário de um cara que se chama Leonardo, com quem estava em contato porque ele trabalha numa imobiliária e tinha nos ajudado a alugar nosso apartamento. Naquele dia eu o tinha encontrado no metrô e assim, do nada, ele me convidou para o seu aniversário. E à noite eu fui ao seu aniversário, depois de brigar com meu namorado, e ele ficou feliz ao me ver chegar sozinha e eu fiquei lá depois que todos foram embora e começamos a tomar uma vodka que ele tinha ganho de presente, e fiquei lá a noite inteira e talvez eu esteja grávida dele, o que é muito provável, mas não tenho certeza. Que há pouco tempo fui ao médico e parece que tudo vai bem, que ele me perguntou por que esperei tanto tempo para ter filhos e que eu devia ter lhe respondido que uma vez eu tentei, mas que agora não, agora não, que só de pensar nisso meu corpo inteiro treme, que às vezes tudo me parece uma piada, uma piada cruel, mas uma piada ao fim e ao cabo, e me dá vontade de rir, que tenho medo de ficar louca porque subitamente me sinto muito feliz, que tenho medo de ficar nesta cidade para sempre, que talvez já não queira voltar a Buenos Aires nunca mais. Peço-lhe desculpas, escrevo que não sei por que estou contando tudo isto a ela, que em sua mensagem ela só me perguntou pelo suicídio de Shanice, e volto a dizer que não cheguei a conhecê-la tão bem para poder responder isso, que eu também gostaria de saber.

 Envio o e-mail sem o reler. Faço isso porque penso que, se demorasse um segundo a mais, iria me arrepender, não conheço essa mulher e não deveria lhe contar coisas tão íntimas. Por isso o envio em seguida, para não deletá-lo, porque sinto necessidade de contar tudo a ela, que é uma estranha, mas imagino que seja uma pessoa confiável, e porque a partir de agora espero sua resposta como se espera a ajuda de um amigo.

III

A senhora Takahashi aparece à porta. Veio me ver. Está cheia de pacotes. Diz que passou o dia fazendo compras e que, como estava por perto, quis saber de mim. Ofereço-lhe um café. Vejo que tem os olhos úmidos de choro e que o rímel lhe escorre pela cara. Penso: só um café, nada mais, e depois vou pedir que se vá, de um modo amável, mas vou pedir. Sirvo o café no hall de entrada e nos sentamos no mesmo lugar em que conversamos a primeira vez que nos vimos. Os olhos da senhora Takahashi me percorrem de cima a baixo e me lembro que estou vestindo uma roupa de Shanice. É uma roupa de Shanice, digo, tratando de evitar dramas, acho que está um pouco apertada em mim. A senhora Takahashi não responde. Agora mira um ponto fixo atrás de mim e a expressão de seu rosto parece a de alguém possuído por uma força estranha. Volto-me para ver o que ela olha. Nada demais. Ali atrás estão apenas o refeitório e a escada que conduz aos quartos. *Você está bem? Senhora Takahashi, a senhora está bem?* Repito a frase várias vezes. Ela não fala. Segue olhando fixamente para o nada, seus pequenos olhos estão tensos e muito abertos. De repente, quando já estou a ponto de buscar ajuda, me olha, sorri, toma seu café de uma só vez e diz: *Nunca visitei Buenos Aires, você acha que devo ir?* Respondo que é uma cidade interessante, enquanto penso no que devo fazer, se devo chamar alguém, se será uma pessoa perigosa. Agora, com total naturalidade, começa a abrir as sacolas e pacotes que trazia e me mostra as coisas que comprou, uma por uma: um cinzeiro antigo, uma pequena boneca de porcelana, um relógio de prata, dois vestidos, um perfume. Sou uma alma vagabunda em busca de beleza, diz, como se recitasse um poema. E depois começa a falar em tom eufórico: *Ando daqui para ali olhando para homens jovens e comprando objetos preciosos, não posso me queixar. É uma pena que tenha ficado nublado à tarde. Em Buenos Aires há bastante sol? Antes eu o odiava, mas agora sou apaixonada pelo sol. O sol é vida e é hora de aventuras! A filha partiu? Pois bem. Nós, as mães, também podemos viver onde nos apeteça. Você conhece a Basílica de São Marcos, em Veneza? É uma coisa soberba, uma obra da arquitetura divina. Que lugares devo visitar em Buenos Aires? Quero dançar tango! A filha partiu, posso ir onde quiser. A culpa é nossa, que alimentamos todos os seus caprichos. Que roupa mais bonita você está vestindo!*

— É da Argentina?
— Não, é uma roupa de Shanice...
— De Shanice?
— Sim, uma das que me deixou de presente...

A senhora Takahashi dá um pequeno pulo em sua cadeira, como se alguma coisa a tivesse sacudida subitamente. Preciso ir, diz, sem me olhar, e caminha precipitadamente em direção à porta da rua. Grito para avisar-lhe que está esquecendo suas coisas, mas não me escuta. Vejo, através da janela, que pegou um táxi e se afasta. Sobre a mesa, junto às tacinhas vazias, esparramam-se os pacotes com suas compras.

Frau Wittmann liga o rádio, eu junto os pacotes com cuidado.

— A Senhora Takahashi esqueceu essas coisas...

Frau Wittmann me olha sorrindo, acha graça de algo que estão dizendo no rádio. *A mãe de Shanice se esqueceu de levar essas coisas*, repito. *Oh, ligamos para seu hotel e avisamos*, exclama Frau Wittmann. *Qual o nome do hotel?* O locutor da rádio volta a dizer alguma coisa engraçada e agora Frau Wittmann ri timidamente.

— Não sei... Não lembro o nome...
— Então não podemos ligar. Não se preocupe, logo voltará para buscar suas coisas.

Pensar que a senhora Takahashi pode voltar em pouco tempo me provoca ansiedade e medo. Digo a Frau Wittmann que não achei que ela estivesse bem, falo a ela do olhar perdido e da forma estranha com que agiu esta tarde. Frau Wittmann parece se interessar imediatamente, esquece o rádio e acompanha minha conversa concentradamente, concordando com cada coisa que consigo lhe explicar. *Então guardaremos suas coisas aqui na recepção e, quando ela chegar, eu mesma as entrego*, diz. Agradeço e fico conversando com ela um pouco mais. Falamos de Shanice, de como o tempo passa rápido e do outono que está por começar. Recolhemos os pacotes e noto que Frau Wittmann fica observando a boneca de porcelana.

— É realmente linda. Tive uma assim na minha infância, na Hungria. Já lhe contei que nasci na Hungria?

— Não, não acho que tenha me contado.

— Isso foi há muito, muito tempo.

Desde que cheguei a este lugar, este é o momento de maior proximidade e familiaridade que tenho com essa mulher. Enquanto fala, observo seus olhos azuis aguados e tento calcular sua idade. Deve ter uns setenta anos, ou mais. Imagino sua infância em tempos de guerra, observo as rugas ao redor de seus olhos, seus lábios finos, seu nariz aquilino. Por um breve instante parece-me vislumbrar o rosto que tinha quando criança, suas feições se arredondam e as cores de sua cara emergem debaixo de uma capa poeirenta feita de sofrimentos diversos e de modestas alegrias. Agora o locutor volta a dizer algo que a diverte e eu aproveito para me despedir.

Quando já estou subindo para meu quarto, ouço o telefone soar na recepção, Frau Wittmann atende e responde falando num espanhol com uma pronúncia horrível: sim, aqui ela está. E se aproxima da escada para avisar que estão me ligando da Argentina.

IV

Atendo o telefone pensando que podia ser minha mãe, mas uma voz desconhecida pronuncia meu nome e logo se apresenta num tom pausado e tímido:

—Aqui é Marta Paula, a irmã de Miguel Javier, a dos sapatos. Li o e-mail que você me escreveu, junto com as garotas do hotel, e, sabe?, pensamos na Feli, que é uma vidente aqui de Tucumán, da zona de La Aguadita, e, sabe?... pensamos em ir até lá perguntar a ela sobre seu filho, para que você saiba direitinho quem é o pai e fique mais tranquila. Como eu tinha o telefone daí por causa do Miguel Javier, quis ligar para te avisar, sabe?... para que fique tranquila. Amanhã vou até a casa da Feli e depois te ligo. Agora vou desligar porque estou ligando do trabalho e é uma chamada de longa distância. Que passes bem a noite e mande um alô ao meu irmão, se é que ele anda por aí. Ah, não fale nada para ele sobre isso da Feli, porque ele não gosta dessas coisas, ele não acredita nesse tipo de coisas. Diga a ele que liguei para agradecer pelos presentes, e, sabe?... Tenho que desligar. Depois falamos. Tchau.

À noite, sonho que entro num teatro, é um teatro antigo, abandonado. Está tudo cheio de pó e as cortinas estão fechadas. Sento-me numa das poltronas próximas ao corredor e não tiro os olhos do cenário, sei que há alguém atrás dessas cortinas, alguém que espera que haja público para fazer sua aparição. Escutam-se alguns ruídos. Mexo-me em minha poltrona e o chão range. Então o telão se abre e um homem velho vestido de rei aparece, avançando até o proscênio. Fala em inglês e creio que está recitando uma parte de alguma obra de Shakespeare. Agora o homem me olha diretamente nos olhos e me pergunta se o entendo. Pergunta em alemão, e eu respondo que sim, em espanhol. Eu o aplaudo. Não sei o que fazer. De cima do palco, o homem vestido de rei me pergunta se sei atuar. Acho que não, respondo. Perfeito, eu te ensino, diz ele. Me pede que suba ao palco e que ensaiemos juntos uma obra que escreveu. Subo, ele me dá um libreto e uma coroa que devo colocar na cabeça. As luzes me deixam cega. Quando olho para a plateia, vejo que agora está cheia de gente. Entre todas as cabeças, creio reconhecer a de Shanice. Atuo o melhor que posso. Penso na longa viagem que Shanice deve ter feito para chegar até aqui. O homem me deixa sozinha no palco para que encerre com o monólogo escrito no final. Desprendo-me do libreto e improviso um lindo texto. Falo primeiro em alemão, depois em japonês. Termino com um harakiri simbólico, uma dança comovedora que arranca uma explosão de prolongados aplausos. Quando terminam os aplausos, desço do palco por uma escadinha e procuro a saída do teatro. Shanice se aproxima de mim, timidamente, e me felicita por minha atuação. Eu agradeço. Depois ela me diz, num espanhol com sotaque tucumano:

— Pergunta pra Feli.
— O quê? Sobre minha gravidez?
— Não, pergunta pra ela sobre minha mãe... para que te avise.
— Para que me avise de quê?
— Para que te avise que minha mãe está cheia de uma tristeza muito escura... e, sabe? uma tristeza que pode se meter dentro de você.

Acordo de repente, com um nó no coração. Abro as cortinas. Ainda não amanheceu. Vou ao banheiro tomar água e volto para a cama. Fico deitada, tentando voltar a dormir. Toco minha barriga com as duas mãos e me ouço falando no plural, falando não só para mim, mas, pela primeira vez, para nós: temos que dormir um pouquinho mais, mas vamos procurar não sonhar coisas feias. Fiquemos tranquilos. Amanhã será outro dia, e estaremos melhor.

V

    Mario passa para me pegar ao meio-dia. Vamos a uma exposição de fotos de um amigo seu chamado Joseph. No caminho, me diz: a obra de Joseph realmente vale a pena. Não costumo comparecer a estes eventos, mas essa é uma obra significativa, sólida. Você já vai ver, dentro desse panorama de artistas insossos este garoto é uma grande promessa. Antes de entrar, percebo que está nervoso, excitado e alegre; depois, quando entramos, noto que quase não para diante das fotos, procura algo com o olhar, procura alguém, procura ansioso por seu amigo Joseph, que por fim se aproxima de nós com uma taça na mão e nos diz: estava esperando por vocês, já estava com medo de que não viessem! E os dois se olham por um instante e compreendo que foram ou são amantes. Ou que estão por se tornar amantes. Que Mario está perdidamente apaixonado. Que Joseph deve ter minha idade. Para eles, neste momento, as pessoas ao redor não existem. E embora agora deixem de se olhar para irem tratar de outros assuntos, cada um deles continuará com os olhos do outro estampados nas costas.
    Joseph não tem cara de alemão. Leio, no folheto que me deram ao entrar, uma breve resenha de sua vida e de seu trabalho: "*Türken in Deutschland* é a primeira exposição de Joseph Shoeller. Filho de pai alemão e de mãe turca, o fotógrafo centra sua obra no conflito existente entre as duas culturas...".
    Às minhas costas, uma voz rouca de mulher pronuncia meu nome. O que a senhora Takahashi está fazendo aqui? Eu a cumprimento, assustada. Diz que foi me buscar na residência e Miguel Javier lhe disse que estávamos aqui. Está com um vestido preto, de festa, mas está desalinhada, como se não houvesse dormido e estivesse com a mesma roupa desde a noite anterior. Agora se posta em frente a uma das fotos e a descreve em voz

alta: "Uma família turca, um pai, uma mãe, um filhinho e talvez um tio. Olhe para a mãe! É turca! É uma mãe turca!".

Mario parece despertar de seu feitiço amoroso e vem ao meu encontro, me pergunta em voz baixa quem é essa mulher. Respondo: é a mãe da suicidada. A senhora Takahashi olha para nós, estava certa de que ela não falava espanhol, mas agora duvido, foi só dizer "suicidada" que ela se virou e nos olhou. Vem até onde estamos, pergunta a Mario se ele fala inglês, se a entende, e lhe conta que veio para o enterro de sua filha e que prolongou sua estadia por mais uns dias porque esta cidade lhe parece maravilhosa.

Joseph se aproxima e nos convida para jantar. A senhora Takahashi logo diz: conheço um lugar fantástico de comida tailandesa perto daqui. Joseph sorri, diz que tinha pensado em algo mais modesto e econômico. Fazendo um gesto com as mãos, a senhora Takahashi exclama: Por Deus, estou convidando! Não tenho tempo de fazer nada, nem de alertar Mario sobre minhas reservas em relação à senhora Takahashi, nem de inventar uma desculpa para desaparecer. Tampouco me parece justo deixá-los a sós com ela. Afinal de contas, ela veio até aqui atrás de mim. Agora caminhamos em direção ao restaurante tailandês. Mario caminha um pouco encurvado e me pergunto quando isso terá acontecido ao seu corpo. Em que momento deixou de ser um jovem refugiado argentino para se transformar num velho *Herr Professor*. Seu rosto, no entanto, está radiante. Vai na frente, com Joseph, fazem comentários a respeito da mostra e riem como crianças. A senhora Takahashi e eu vamos um pouco mais atrás. Caladas, observamos o casal à nossa frente e creio que ambas sentimos um pouco de ciúmes, um pouco de inveja, e a senhora Takahashi subitamente rompe o silêncio com um suspiro e me pergunta se não acho Joseph lindo. Respondo com um sorriso sem graça, mas logo me dou conta de que Joseph é realmente deslumbrante. E embora agora eu só possa vê-lo a caminhar de costas para mim, me surpreendo imaginando-o nu, imaginando o calor de seu corpo junto ao meu, imaginando que nos abraçamos, rolamos pelo chão e rimos como adolescentes apaixonados. Joseph se volta e nos pergunta se é para seguirmos por esta rua. Tem os dentes brancos como um lobo e os olhos grandes, escuros, com cílios longos, certamente herdados de sua mãe turca. Sim, responde a senhora Takahashi, já estamos chegando.

VI

O jantar transcorre com total normalidade. Mario e Joseph propõem assuntos de conversa de que nós quatro podemos participar alegremente. Os pratos sugeridos pela senhora Takahashi são bastante bons. Talvez a vida que eu leve agora não esteja tão mal. Estou em Heidelberg com essas três pessoas que são, pode-se dizer, meus amigos. Ninguém que nos visse aqui comendo e rindo diria que esta é uma vida difícil. Vamos pedir a sobremesa e a senhora Takahashi se levanta para ir ao banheiro. Ficamos os três em silêncio um instante, olhando o menu. Aproveito o momento para contar-lhes, rapidamente, que acho que a senhora Takahashi está passando por uma forte crise. Eles opinam que é uma mulher encantadora e uma pessoa muito forte, admirável. Sim, não, não, o que estou dizendo, o que quero dizer é que ela... A senhora Takahashi está de volta. Olha para mim com seus olhos frios e vazios, os mesmos olhos que vi na tarde anterior na residência.

Queria ir embora. Por que estou aqui? O que é este lugar? Como se pedem estas sobremesas com nomes impronunciáveis? Por um segundo, até mesmo Mario me parece um completo estranho, um bobo rindo sem parar para outro sujeito que não conheço. Um turco de sorriso encantador, a quem não posso deixar de imaginar nu, tomando-me entre seus lindos braços morenos.

A senhora Takahashi pergunta a Mario onde pode ir para aprender a dançar tango. Mario diz que não sabe, mas que deve ser fácil descobrir isso na Internet.

Joseph chama um garçom para lhe perguntar algo sobre o menu.

Tenho que ir, digo. Os três me olham, espantados. Ainda nem nos trouxeram a sobremesa, diz Joseph. *O que você tem que fazer?*, pergunta a senhora Takahashi.

Nada, não me ocorre dizer nada. O que poderia ter para fazer uma pessoa como eu, sem ocupação, alguém que deixou sua casa e renunciou a tudo que fazia. Uma pessoa inútil que perambula por uma cidade inverossímil. Nada, não tenho nada para fazer. Mas estou grávida e isso pode servir de desculpa para muitas coisas. É que me lembrei que amanhã tenho consulta com o médico e tenho que me levantar cedo. Eu te acompanho, diz Mario. Não precisa, digo-lhe. Sim, é claro que precisa, amanhã passo para te pegar e te acompanho.

Cinco

I

Na noite anterior à viagem de volta a Buenos Aires, a noite em que nossa casa da Keplerstrasse se encheu de filósofos e em que eu mirava o céu desvendando constelações, Mario chorou na cozinha. Encontrei-o lavando os pratos, quando todos os convidados já tinham ido embora e meus pais terminavam de encher malas e caixas com roupas, livros e alguns dos poucos objetos que tinham nos acompanhado naqueles anos alemães. Fiquei em silêncio olhando para ele, enquanto o jorro da água da torneira disfarçava o som de seu choro. Quando me viu ali parada, secou as mãos e o rosto num pano de prato, acendeu um cigarro e me perguntou se ia escrever para ele quando chegasse em Buenos Aires. Todos os dias, falei, com exagero, já que ainda não sabia escrever nada além de meu nome e algumas palavras soltas. E nos abraçamos fortemente. Entre este abraço e aquele que nos demos há pouco, quando nos reencontramos, passaram-se trinta anos. Durante os primeiros anos, Mario me enviava cartões postais de castelos e escrevia, no verso do cartão, alguma história inventada. Eu esperava ansiosa por essas cartas, que foram também os primeiros textos que aprendi a ler. Em minha imaginação, depois de nossa partida, ele tinha ido viver num destes castelos e algum dia eu poderia visitá-lo, iríamos nos casar e seríamos muito felizes. Agora penso que, com a entrega da casa da Keplerstrasse, Mario deve ter ido morar em alguma pensão para estudantes parecida com esta. Como terá sido sua vida até se transformar em Herr Professor? Terá tido namorados? E este turco tão bonito, que vínculo terá com ele? Por que não sou capaz de perguntar a ele?

Amanhã ele virá me pegar para irmos ao médico. Terei que passar outra vez por tudo isso: chegar ao hospital, a ansiedade da espera, as luvas de látex, as recomendações que não pedi que me dessem. Oxalá não fosse necessário.

II

Acordo com batidas na porta. Já é dia e evidentemente o despertador de Shanice não funcionou esta manhã. Abro a porta de camisola e Frau Wittmann, parada em frente à porta com os olhos muito abertos, diz que Herr Professor está me esperando lá embaixo há um bom tempo. Quisera fugir, saltar pela janela ou me esconder debaixo da cama para continuar dormindo. Agradeço a Frau Wittmann, peço desculpas por tê-la feito subir e digo-lhe que já vou descer.

Mario me espera sentado no refeitório, lendo um jornal. Na mesa ao lado, Miguel Javier toma seu café da manhã com ovos mexidos e pão com Nutella. Isso me revolve o estômago e, pela primeira vez desde que cheguei, desisto do café da manhã. Cumprimento Mario, e o tucumano vem até nós:

— Aonde vão tão cedo?

— Ao médico.

— Então vou com vocês.

— Não é preciso, Miguel, obrigado.

— Sim, é preciso, ou você esqueceu que o médico espera por mim também?

O tucumano adora me contradizer e se diverte mais ainda com o fato de fingir ser meu marido na frente do médico. Ele parece tão entusiasmado que digo que sim, que venha. Apressadamente, engole a última torrada, veste a jaqueta e se adianta para abrir a porta. Quando saímos, o ar fresco bate em nossa cara. Começou o outono, diz Mario, e caminhamos em silêncio até o hospital.

Só me permitem entrar no consultório com um acompanhante. A decisão é difícil, meus dois amigos me olham com expectativa. Penso por uns segundos e aviso a ambos que vou entrar sozinha. Os dois assentem com a cabeça e parecem conformados. Eu os deixo ali, sentados na sala de espera do hospital, enquanto, lá dentro, o médico me examina. Tudo vai bem.

– Quer ouvir as batidas do coração de seu filho? – diz.

– Agora? – pergunto.

– Claro, agora – responde, surpreso.

Gostaria de lhe dizer que agora não, que outro dia, que ando distraída e não vou reagir como se espera. Não há maneira de explicar isto a um médico, e menos ainda em alemão.

– Está bem – digo.

E começo a ouvir umas batidinhas que parecem a pulsação de uma música, uma música que contivesse em si todas as melodias do mundo.

Quisera ficar escutando estas batidas o resto do dia, mas o médico já está sentado atrás de sua mesa. Num receituário, anota o nome de algumas vitaminas e me despacha até o mês que vem.

Durante minha breve ausência, Mario e Miguel Javier conversaram bastante. Me dou conta disso porque, ao regressar, noto que estabeleceram alguma intimidade. Mario está lhe contando de um primo de quem gostava muito e que era tucumano. Miguel Javier não consegue acreditar que Mario não tenha voltado à Argentina desde 1977.

– Talvez algum dia eu me anime – diz Mario, com um sorriso triste –, até agora não tive vontade.

O tucumano o olha com pena. Eu me sinto de muito bom humor e proponho aos dois sair do hospital e continuar o passeio matutino.

III

Caminhamos pelo Passeio dos Filósofos, um caminho construído numa ladeira, a duzentos metros de altura, no começo do século XIX. Deste lugar temos uma vista belíssima da cidade, do castelo e do rio. Fazia tempo que não me sentia tão contente. O ar outonal é reconfortante. Sentamo-nos num banco à beira do caminho. Mario nos conta que o caminho foi batizado assim em homenagem aos muitos escritores e filósofos que vinham buscar inspiração neste lugar. Conta-nos que Goethe pensou em suas primeiras ideias para o *Fausto* aqui em cima, que este mesmo lugar inspirou Hegel quando pensava na *Dialética*, que Schumann compôs seus *Estudos Sinfônicos* sentado em algum destes bancos, olhando para o Neckar. O tucumano diz que vai subir até aqui quando tiver que escrever sua tese, para ver se lhe ocorre também alguma genialidade que faça com que os alemães queiram rebatizar o Passeio como "o caminho do economista tucumano". A piada não tem graça, mas Mario e eu sorrimos, porque tudo é alegre neste momento.

Ficamos os três em silêncio por algum tempo, respirando profundamente o ar fresco, cada um pensando vá saber em quê, até que Mario olha seu relógio e diz que precisa ir embora. Despede-se de nós e se afasta lentamente, descendo em direção à cidade. Visto de costas, seu corpo desajeitado e alto parece pertencer a esta paisagem desde sempre.

Ficamos a sós, o tucumano e eu. De repente me lembro de Marta Paula, de nossa conversa ao telefone, de sua promessa de visitar uma vidente, e me dou conta de que Miguel Javier não sabe nada sobre isso, que ainda não lhe disse nada. Ouço em minha memória as palavras de sua irmã: "Não fale nada para ele sobre isso da Feli, porque ele não acredita nesse tipo de coisas".

— Me esqueci de contar que outro dia sua irmã telefonou para mim na residência.

— Marta Paula? Para quê?

— Para me agradecer pelos sapatos.

— Só para isso, nada mais?

— Sim.

— Mas não queria mais nada?

Não consigo mentir ao tucumano, minha cara me delata. Além disso, morro de curiosidade de ouvir o que ele sabe dessa tal Feli, a quem sua irmã e suas colegas de trabalho costumam consultar.

— Ela me disse que iriam consultar uma vidente para perguntar a ela sobre minha gravidez, sobre quem pode ser o pai.

Miguel Javier me olha muito sério. Até há pouco eu estava achando divertido falar sobre isso, mas agora percebo que a conversa não vai acabar bem.

— Ela te disse o nome da vidente? Te disse que era a Feli?

— Sim.

— Puta que pariu! Tem que ser muito idiota... Ela realmente te falou na Feli?

— Sim. O que houve?

— Não houve nada. Essa aí não é uma boa pessoa. Essa Feli... é uma mulher horrível. É isso. Eu não estou lá e o que acontece é que elas se metem em encrencas.

Digo a ele que não se preocupe, que sua irmã já é grande e que deve saber o que faz.

— Sabe coisa nenhuma! A próxima vez que ela te ligar, me passa o telefone que vou dar uma bronca nela! Vamos, vamos que já está ficando tarde para minha aula.

Descemos a ladeira quase correndo. Lá embaixo, Miguel Javier se despede de mim sem me olhar, e fico olhando para ele enquanto se afasta pelas ruazinhas que desembocam na universidade.

IV

Caminho sem rumo por algum tempo. Não quero voltar a me isolar na residência, o céu está de uma cor cinza chumbo e cobre a cidade com uma luz sobrenatural. Penso nas batidas que escutei no consultório, as batidas do coração do meu filho, como disse o médico. Pam, pam, pam, parece que escuto uma a cada passo que dou. Como é que não estou aterrorizada? Como é que não volto correndo para Buenos Aires? Caminho várias quadras, tudo me aperta, o sutiã, os sapatos, e por momentos me pego rindo, rio de qualquer coisa, como se estivesse feliz, como se estivesse fora de mim.

Vou dar numa pequena praça do outro lado da ponte velha. Crianças fazem acrobacias numa estrutura de tubos amarelos adaptados para jogos infantis. Um pouco mais atrás dessa estrutura reconheço Joseph, envolto num sobretudo escuro, a fotografar. Quando me vê, sorri com seus dentes de lobo e põe uma mão sobre o coração. Não estava preparada para encontrar ninguém, mas, quando ele se aproxima, descubro o quanto desejava voltar a vê-lo. Me cumprimenta com um abraço, se senta ao meu lado e me mostra as fotos que fez esta tarde: a claraboia de vidro de um teto, vista de baixo; mulheres turcas na porta de uma loja, sorrindo para a câmera; turistas com sacolas de compras na ponte velha; as crianças que vejo à minha frente, capturadas imóveis em pleno ar. São lindas, digo. Estamos sentados tão próximos um do outro que qualquer um poderia pensar que somos um casal. A simples ideia me deixa inquieta.

Se Mario nos visse aqui, nós dois, sem ele... Mas este desconforto não tem sentido, nada foi planejado. Estamos aqui e sua perna roça meu joelho enquanto olho as fotos em sua câmera. Não consigo pensar em nada mais além de tocar nele. Ele fala da luz tão especial desta tarde. Eu também a tinha notado, por isso fiquei andando sem rumo. Mas não comento nada, sorrio e volto a olhar as imagens na máquina e a sentir o calor de seu corpo ao lado do meu. Agora me convida para tomar um café em sua casa. Ele disse em sua casa?

— Aqui está fazendo um pouco de frio – diz.

São seis horas e já está escurecendo. As crianças que há pouco brincavam nos tubos começam a ir embora, de mãos dadas com seus pais, envoltos em jaquetas infláveis e coloridas.

— Melhor outro dia, agora eu preciso voltar para a residência.

— Amanhã?

— Não sei. Amanhã podia ser.

Devolvo a câmera. Fecho a jaqueta, até o pescoço. Joseph pergunta se pode tirar uma foto minha. Penso que devo estar horrível, mas digo que sim. Ele aponta a câmera em minha direção e dispara três vezes. Depois tira do bolso uma cadernetinha e uma caneta e anota um endereço.

— Posso ver as fotos? – pergunto.

Ele arranca a folha em que acabou de escrever e a passa para mim.

— É o meu endereço. Amanhã, lá em casa, você vê as fotos.

V

A casa de Joseph fica no piso superior de uma pequena loja de especiarias turcas pertencente a sua família. Tem pouquíssimos móveis: um colchão com almofadões no chão, uma poltrona antiga, uma mesa de trabalho, livros empilhados por toda parte, um fogão elétrico, fotos espalhadas para todos os lados. Da janela pode-se ver os velhos telhados de Heidelberg e o céu, que a esta hora da tarde está avermelhado. Passei o dia inteiro pensando se vinha ou não, me distraí ajudando Frau Wittmann a separar umas revistas velhas para jogar fora e falando com ela sobre Shanice. Depois de comer, tomei um longo banho, lavei o cabelo, me penteei cuidadosamente e coloquei a roupa mais bonita que encontrei.

Agora Joseph prepara o café e eu me afundo na poltrona como se não fosse me levantar até o dia seguinte.

— Onde você e Mario se conheceram?

Não sei por que lhe pergunto isso. Não quero falar de Mario. Não com ele. Não quero pensar na relação que têm, nem imaginar os dois neste lugar, nus, vestidos, de forma alguma.

— Na faculdade, durante minha tentativa frustrada de estudar filosofia — responde Joseph, enquanto esquenta a água e lava umas taças. Eu o vejo mover-se como em câmera lenta, com numa sequência de fotogramas, que imagino imprimirem-se em minha memória para sempre.

— E foi assim que se tornaram amigos? — digo, e logo me arrependo de fazer uma pergunta tão boba.

— Sim, Mario é uma pessoa incrível. Inteligente, generoso, muito bem-humorado. Poderia passar dias inteiros com ele sem me entediar.

Joseph sorri, me serve o café numa das taças que acabou de lavar e me olha fixamente. Seus olhos negros são como túneis em que dá vontade de se meter, atravessá-los e enfrentar seja o que for que estiver do outro lado.

— Você foi ao médico ontem? — me pergunta, para romper o silêncio em que caímos.

— Sim, e Mario me acompanhou.

Estou falando de Mario outra vez. Não posso acreditar. Gostaria de esquecer de como os vi sorrindo um para o outro e poder falar dele como se fala de qualquer outra coisa.

Agora Joseph me mostra, entusiasmado, uns livros de fotografia que lhe enviaram de Nova York pelo correio esta semana. Senta-se a meu lado e vamos passando juntos, uma a uma, as páginas pesadas. É uma sequência de retratos de pessoas exageradamente expressivas, paisagens urbanas, interiores de edifícios públicos. Joseph toca meu rosto, afasta o cabelo e me beija na boca. Estou imóvel, afundada na poltrona, com o coração acelerado, mas tranquila. Ninguém interfere em meus pensamentos agora. Sem deixar de me beijar, Joseph foi tirando minha roupa. Logo estamos os dois nus, entrelaçados. Acho meu corpo bonito entre suas mãos, enredando-se no dele como se tivesse sentido sua falta a vida inteira.

Transamos a tarde inteira e adormecemos. Quando acordamos já é noite. Joseph se levanta, põe uma roupa de lã e procura alguma coisa para preparar um jantar. Põe água numa caçarola para cozinhar um macarrão e me mostra algumas das especiarias do armazém de sua família. São dezenas de frasquinhos com temperos coloridos. Abro alguns deles e, ao cheirá-los, sinto que me chegam até o cérebro. Reconheço o manjericão, o cominho, o louro, talvez a mostarda. O resto é um mistério.

De tanto em tanto, Joseph me serve um pouco de vinho.

— Em que você está pensando? — pergunta.

— Que hoje foi o melhor dia desde que cheguei à Alemanha. E também que é a primeira vez que transo desde que estou grávida.

Joseph sorri, mas fica calado. Não sei por que lhe digo isso. Não era preciso que lhe contasse isso. Não importa. Olho para ele enquanto se ocupa da cozinha. Me dá vontade de lhe pedir que pare quieto para que eu possa captar direito a forma de seus

olhos, de seu nariz, de sua boca, de seus dentes. Agora coloca os pratos sobre a mesa e me diz:
— Mario vem para cá.
— Para cá? Quando?
— Às nove.

Me visto o mais rápido que posso. Joseph me diz para ficar, que o jantar já vai ficar pronto. Não o entendo. Tampouco o escuto. Pergunto-lhe se a porta de baixo está aberta, e, enquanto desço as escadas, rezo para não encontrar Mario. Quando já estou na rua, Joseph aparece na janela e me grita algo em turco.
— Não te entendo — grito, em espanhol, e vou embora rápido, quase correndo.

Seis

I

Caminho sem pensar por onde ando e logo vejo que me perdi, que não conheço o bairro, que não distingo o sul do norte, que não me dou conta da distância a que estou do rio. Não passa ninguém, as poucas lojas que vejo estão fechadas, são quase nove horas e as ruas estão absolutamente vazias. Procuro na bolsa o celular de Shanice. Há centenas de números salvos, mas só conheço duas pessoas entre estes contatos, sua mãe e Miguel Javier. É claro que ligo para ele.

O tucumano me ouve com atenção, soletro para ele o nome das ruas que vejo e ele me dá indicações certeiras para voltar ao que chama de "nossa casa". Quando chego, ele está me esperando na porta, vestido com uma jaqueta que fica pequena nele, esfregando as mãos por causa do frio e, antes que consiga cumprimentá-lo, me diz que precisamos conversar.

— Está bem, Miguel, mas vamos entrar, está frio.

— Quero falar antes de entrar. Há duas coisas que me angustiam na vida. Uma delas não posso te contar, a outra é que se metam com minha família. E, por culpa sua, minha irmã enfiou na cabeça de ir até a casa da Feli, e daí não pode sair nada de bom.

— Que Feli?

— A Feli! A vidente.

— Eu não pedi a ela que consultasse nenhuma vidente.

— Sim, foi ideia dela. Mas agora você tem que ligar para ela e fazer com que ela tire esse plano da cabeça.

— Ligar para ela agora? Para Tucumán?

— Sim.

— E dizer o quê?

– Que você se lembrou quem é o pai, que não é preciso averiguar nada. E que ela deixe de se meter naquela vila para ver aquela bruxa. Você não sabe como essa velha paranormal é perigosa, ela e toda sua família de drogaditos. Vai, por favor, liga pra ela agora. Por favor.

Sinto o tucumano tão preocupado que aceito seu pedido sem fazer mais perguntas. Sinto-me ridícula ligando para Tucumán, para sua irmã que nem conheço, ainda por cima para inventar qualquer coisa. Miguel Javier me dita os números que vou marcando no celular de Shanice. Peço a ele que se afaste, que me deixe falar a sós com ela. O tucumano começa a caminhar devagar até a esquina e, quando dobra e desaparece de vista, Marta Paula me atende. Ouvem-se latidos de cães, o choro de uma criança e outro ruído que parece um jogo de futebol num aparelho de rádio mal sintonizado. Cumprimento-a, pergunto como vai. Ela fica eufórica ao reconhecer minha voz. Primeiro me diz umas coisas que não consigo escutar, depois consegue calar os cães e começa a falar sem parar, como se as palavras não lhe bastassem para explicar algo que ela mesma não entende.

– Já ia mesmo te ligar. Estava pensando em ir a uma *lan house*, porque aqui não dá pra falar, de tanto que gritam em minha casa. E justo aí você me ligou, que bom que me ligou... porque, sabe?, eu estava pra te ligar! Sim, tinha acabado de pedir a minha mãe que ficasse com as crianças, porque, sabe?, há várias coisas importantes que preciso te dizer...

– Ah, eu liguei para você porque estive pensando e, bem, me parece que já sei quem é o pai do filho que estou esperando, e, bem... que você não precisa consultar ninguém.

– Já fui à casa da Feli.

– Ah, já foi? E o que ela disse? Alguma coisa sobre o pai?

– Não, nada a ver. Nada sobre o pai, nem ideia. Mas olhou para os meus sapatos assim que entrei. Eu achei que olhava

para eles com inveja, porque estava séria, mas não era isso, era outra coisa, alguma coisa lá de vidente. Contei a ela sobre você, sobre a gravidez, e ela só olhando para os sapatos. São aqueles azuis que você me mandou, não tiro eles nunca. Depois que terminei de contar tudo, ela se sacudiu na cadeira e disse *essa mulher é má, é perigosa, é.*
— Que mulher?
— Foi isso mesmo que perguntei. E aí ela me disse *esses sapatos não são seus.* Sim, digo, foi um presente. E ela começa a fumar e me diz, *esses sapatos vêm de muito longe.* Sim, digo, e então contei que primeiro estiveram no Japão e depois aí na Alemanha, e agora estou com eles aqui e uso eles todos os dias porque gosto deles de montão. E ela diz, *a garota está morta, mas a mãe está viva, a garota sabia que a mãe era do mal.* Estava me falando da sua amiga, entende?, da japonesa!, e da mãe dela. E a senhora sabe por que ela se matou, dona Feli?, pergunto eu. E aí ela me olhou e perguntou por você. Me disse que essa mulher te persegue, que você dê o jeito que puder, que volte, que se meteu numa enrascada. Ainda bem que você me ligou e pude te contar.

O tucumano retorna e me faz um sinal com a cabeça. Eu faço um gesto com a mão, pedindo que me deixe terminar a conversa. Do outro lado da linha, os cachorros voltaram a latir e Marta Paula parece ter pressa de encerrar a ligação. Pergunto o que mais a mulher lhe falou. Devia pedir a ela que não vá mais à casa da vidente, mas quero que continue me falando desse encontro, quero entender como é que a Feli sabe de tudo isso. Voltar para onde?, pergunto, para a Argentina? Ela agora parece não me escutar, fala ao mesmo tempo com um dos filhos, pede que ele desligue a TV e me diz que precisa encerrar a ligação.

Fico parada, com o telefone na mão. Miguel Javier me olha em silêncio. Frau Wittmann aparece à porta, quando nos vê ali parados suspira aliviada e diz: *Os argentinos! Apareceram, afinal! Essa mulher Takahashi espera por vocês na recepção, veio falar com vocês, mas, como não estavam, ach!, tive que aguentá-la a tarde toda. Entrem, por favor!*

Frau Wittmann entra, esperando que a sigamos. Peço ao tucumano para sairmos dali. Explico-lhe, enquanto o arrasto pela rua, a conversa que acabo de ter com sua irmã. Não sei por que a senhora Takahashi veio nos ver, mas não quero vê-la. Não quero vê-la nunca mais.

II

É muito tarde e os estabelecimentos comerciais da praça já estão fechados, todos menos um restaurante que exibe na porta um menu caro demais para nossas possibilidades. Digo para entrarmos, de qualquer jeito, e dividirmos o prato mais barato. Miguel Javier resiste, me diz que estou louca, volta a olhar o menu, calcula a porcentagem dos preços em relação ao total de sua bolsa, está de mau humor.

– Vamos entrar, Miguel, por favor – suplico.

Ele parece se comover de repente, e aceita. Acho que, depois me ver, se dá conta de como estou cansada e como estou com frio.

Um garçom de smoking nos leva até uma mesa. Recomenda--nos um prato com um nome impronunciável e nos deixa o menu.

– Obrigado, Miguel. Eu sei que é uma loucura trazer você assim arrastado e fazer você entrar aqui. Sua irmã me deixou preocupada com o que me falou. Como é que uma velha em Tucumán vai saber que numa cidade da Alemanha há uma argentina perseguida por uma japonesa que é a mãe da antiga dona dos sapatos que ela estava usando?

Falo isso e reconheço que, além do medo que me dá, o assunto me fascina. O tucumano me olha sério por cima do menu e me diz que isso é coisa de bruxas. Procuramos o prato mais barato, é uma mistura de massa com um pouco de carne que mostramos ao garçom no menu.

– Nós vamos dividir o prato – diz-lhe Miguel Javier, num alemão impecável.

– Minha irmã adora se meter nessas confusões. Faz mais de um ano que anda com essa história da vidente para qualquer coisa. Começou quando o bêbado do marido dela desaparecia. E a Feli lhe deu a real, disse que o cara não tinha jeito e que o negócio entre eles não dava mais. Uma noite em que estava muito triste e dizia que nunca ia poder arrumar sua vida, me pediu que a acompanhasse até a casa da velha. Aquele lugar é um tugúrio dos diabos. Moram umas vinte pessoas ali, vendem drogas, tem umas mulheres, é um desastre. Como você acha que me sinto a dez mil quilômetros sabendo que minha irmã se mete com essa gente?

Miguel continua a falar, e eu o escuto com atenção até que, de repente, algo me distrai. Vejo com o canto do olho uma figura de corpo miúdo e vestida de preto entrar no restaurante. Nem preciso vê-la de frente para saber que é a senhora Takahashi. Interrompo o tucumano, peço que se vire e olhe dissimuladamente. Ele o faz. Eu cravo os olhos em meu prato vazio, me concentro numa espécie de reza que nos torne invisíveis. Miguel fala, devagar: é ela e está vindo para cá. E me ordena: vamos nos fazer de bobos. Para que não veja que temos medo dela.

A senhora Takahashi chega a nossa mesa e se senta a meu lado.

– Até onde tive que vir para encontrá-los!

– Como sabia que estávamos aqui? – digo-lhe, sem conseguir fingir a menor alegria.

– Venho jantar aqui todas as noites, querida. Imagino que possa me sentar com vocês. Estou sempre tão sozinha... Que sorte que vocês também tenham vindo aqui hoje.

O quarto alemão . 81

Miguel e eu a olhamos, perplexos. Ela percorre o menu com um dedo e chama o garçom. Pede o vinho mais caro e três pratos de filé com chucrute, à moda da Saxônia. Miguel lembra o garçom que iremos dividir um prato de massa, mas a senhora Takahashi ri e nos diz: Hoje pago eu, e vocês estão com cara de quem está com fome. E não quero ouvir mais nada sobre isso.

Ficamos os três em silêncio por algum tempo. Como, de que modo essa mulher pode nos fazer algum mal? É tão miudinha e parece tão frágil. Vejo-a procurar algo em sua bolsa, tira dali uns comprimidos, parte-os, engole os pedacinhos. O que ela toma? Tento ver o nome dos remédios, mas ela os guarda antes que eu consiga ler. Agora sorri para nós e diz:

— Procurei por vocês a tarde inteira.

— E por quê? – pergunta Miguel.

— Porque vocês vão me ensinar o que devo fazer quando for à Argentina. Quero saber tudo. Primeiro vou dançar tango. Aprendi os primeiros passos no Japão, mas lá vou aprender a dançar de verdade.

Miguel coça a cabeça com os nós dos dedos. Já o vi fazer isso outras vezes, quando está nervoso ou atrapalhado.

— Eu não sei nada de tango, senhora.

O garçom nos traz o vinho, a senhora Takahashi o prova. Quisera ter ficado com Joseph. Não, não conseguiria suportar um jantar com ele e com Mario. Não acredito que possa vê-los juntos outra vez e não me sentir péssima.

— Eu não posso tomar vinho – digo.

— Só um pouco não faz mal – diz Takahashi, e pede ao garçom que encha minha taça. O tucumano a interrompe.

— É melhor que ela não beba. Mas a mim pode servir, tenho curiosidade de saber como é este vinho – prova-o. – É muito bom, não sei muito sobre vinhos, mas este é muito bom.

– Então você não entende nada de tango, rapazinho. Que tipo de argentino é você?

– Não sei, não gosto muito de tango, gosto um pouco de folclore, não sei.

– E o que devo saber para andar por Buenos Aires? Gostaria de viajar o mais cedo possível.

– Ah, isso também não sei. A mim parece que deve ser uma cidade muito complicada.

Ouço as últimas palavras de Miguel, seu sotaque, vejo-o se mexer em sua cadeira, respondendo às perguntas da japonesa, e não creio que entre nós exista algo assim como uma pátria em comum.

– Teria que perguntar a ela, que é a portenha.

A senhora Takahashi me olha e repete, como um autômato.

– O que devo saber para andar por Buenos Aires? Gostaria de viajar o mais cedo possível.

– Por quê? Por que quer viajar a Buenos Aires? O que há em Buenos Aires que possa lhe interessar, senhora Takahashi? A senhora deveria voltar para o Japão. Ficar ao lado do seu marido, entende? Voltar para sua casa.

Agora a senhora Takahashi começa a chorar, e procura um lenço em sua bolsa. O tucumano me olha, surpreso. Eu também estou surpresa. O que acabo de dizer, talvez o tom que utilizei, foi cruel. Nunca antes havia falado dessa maneira com a senhora Takahashi. Mas esta noite, nesta mesa, me sinto encurralada, presa de uma estranha armadilha, e não vou deixar que me vençam tão facilmente.

– Viajar para Buenos Aires era o sonho de Shanice – diz, enquanto seca as lágrimas e o rímel escorre por seu rosto.

– Seria o sonho de Shanice, mas não foi assim. Ela ficou aqui. A senhora veio se despedir dela, como deve ser, veio resolver o que havia para resolver. E agora pode ir para casa. O luto não é uma coisa fácil. Não se pode andar daqui para lá todo o dia. Volte para sua casa. Lá vai se sentir melhor.

A senhora Takahashi chora com mais força. Miguel me olha espantado. Não falei nada de mal, penso. Talvez o tom, sim, talvez o tom.

Depois de um choro breve e descontrolado, a senhora Takahashi parece se recompor. Me olha sorrindo, e agora fala conosco como se a chave que procurou a tarde inteira estivesse naquilo que acabo de lhe dizer.

– Claro – diz –, Shanice sonhava conhecer Buenos Aires, mas algo a desviou disso, vocês sabem o que foi?

Miguel Javier e eu negamos com a cabeça.

É que ela morreu, diz. Somos pequenas partículas em meio ao caos, folhinhas arrastadas pelo vento. Queremos ir para o leste, mas o vento nos arrasta para o oeste. Queremos ir para o norte, mas o vento nos empurra para o sul. Não depende de nós.

Agora o garçom chega com os três pratos. Enquanto ele os acomoda na mesa, o tucumano diz que acredita no contrário, que tudo, absolutamente tudo depende de nós, que estamos à mercê de nossas próprias decisões. Diz isso enquanto corta a carne e às vezes fala com a boca cheia. Ajeita o guardanapo no colo para não se sujar e parece entusiasmadíssimo ao explicar à senhora Takahashi como, em toda sua vida, soube reconhecer as consequências de suas próprias ações. Por exemplo, estar aqui, agora, é consequência de suas longas e esforçadas noites de estudo na humilde casa de seus pais. Poderia ter dormido mais, ou saído para dançar ou para se drogar, como alguns outros jovens, mas não, ficou estudando e conseguiu uma bolsa e agora está aqui, diz. Shanice tomou uma decisão, ela é que o fez, não foi destino nenhum.

O prato é abundante e, embora a carne esteja um pouco crua para o meu gosto, devoro-a sem parar. O segredo é cobrir cada pedaço com chucrute e assim não enxergar o vermelho, o sangue, o que me daria nojo se não estivesse com tanta fome.

Porém, agora que já comi quase o prato inteiro, o asco me sobe como uma febre repentina. Sorrio, mas é um gesto induzido pelo próprio asco. A senhora Takahashi fala, e o tucumano dá pequenos golpes com o garfo em seu prato manchado com o molho e o sangue da carne que acabou de comer. Pare com esse garfo!, digo. Miguel me olha, envergonhado. Me desculpe, mas, por favor, pare de fazer isso com o garfo. A senhora Takahashi diz que estou pálida e toca em minha testa. Suas mãos são frias como a morte, seus dedos de gelo terminam em unhas perfeitas. Viro a cabeça e arrumo o cabelo. Estou bem, só quero tirar o pulôver porque este lugar é muito quente. O tucumano me serve um pouco de água, mas dou apenas um gole e me parece que não irá passar pela garganta. Vai vomitar outra vez, pobrezinha!, diz Takahashi. Não, não vou vomitar. Deixem-me passar, quero ir ao banheiro.

O banheiro é limpo, limpíssimo. Por sorte, na Alemanha é assim. Antes de entrar no cubículo da privada, olho-me no espelho por um segundo: minha cara está inchada, com olheiras, e o cabelo está horrível. Será que Joseph me viu assim ou é algo que me aconteceu agora? Estou descomposta e provavelmente vou desmaiar. Tenho uma diarreia fortíssima, que parece não terminar nunca, e fico com medo de perder a criança. Em seguida me acalmo pensando que não se perde um filho por causa de uma diarreia.

Depois não tenho forças para me levantar, e me limpo como posso. Escuto a senhora Takahashi chegando por causa do barulho dos saltos. Se ela pudesse erguer minha calça e acabar com isso de uma vez... Mas estou muito enjoada. Inclino-me e enxergo seus sapatos por baixo da porta, peço a ela que chame

Miguel Javier, que é uma emergência. Então vejo um pouco de sangue em minha calcinha, tudo fica escuro e frio, e sei que estou desmaiando porque é como morrer.

III

Miguel Javier diz que tiveram que me tirar do banheiro carregada. Que não sabe como, mas que tinha vestido as calças perfeitamente. E que a senhora Takahashi quis nos acompanhar, mas que ele, amavelmente, convenceu-a a voltar para seu hotel. Estou em minha cama no quarto da residência, e Miguel segura minha mão. Frau Wittmann, uns metros atrás, me olha com o cenho franzido e com um copo na mão. Aperto a mão do tucumano e lhe falo do sangue. Miguel me diz para eu não me preocupar, que talvez não seja nada. Começo a chorar. As lágrimas caem, irreprimíveis, e, exausta, afundo o rosto no travesseiro, que fica todo empapado. Frau Wittmann não diz nada, em seguida deixa o copo sobre a mesinha e sai do quarto. Acho que se incomoda por falarmos em espanhol diante dela.

– Vá ao banheiro, lave-se e vamos ao médico de plantão.
– Obrigada, Miguel.

Passamos a noite inteira no hospital. Instalam-nos num quarto, estou deitada numa maca com roupa e tudo, e o tucumano cochila numa poltrona. De tanto em tanto, duas médicas jovens entram para me examinar, medem minha pressão, me auscultam. Faço uma ecografia. As duas concordam que estou bem e que também está tudo bem com a gravidez. Uma delas pergunta ao tucumano se tivemos relações sexuais esta noite. Miguel fica calado e eu digo que sim, que umas duas ou três vezes. Parece que isso pode ter algo a ver. Recomendam-me um repouso de dois dias, evitar relações sexuais por uma semana e que não me esqueça de tomar as vitaminas. Mas por que passei tão mal? O tucumano e a senhora Takahashi comeram a mesma coisa que eu e não lhes aconteceu nada. Pode ser algo emocional, dizem as médicas, e despedem-se de nós com um sorriso profissional.

IV

— *Por que você não volta para Buenos Aires?* — o tucumano caminha sem parar, sem me olhar, e repete a mesma coisa desde que saímos do hospital: *Por que você não volta para Buenos Aires?*
— Você disse à japonesa que ela devia voltar para casa, mas quem mais tem que voltar para casa é você, porque está grávida e não está estudando nem fazendo nada aqui. A japonesa, pelo menos, tem dinheiro e pode fazer o que bem entender. Quem tem que se preocupar com as suas coisas é o pai da criança. Procure-o. Mas procure-o você. E case com ele, ou se juntem, ou seja o que for, e não fique complicando a vida de mais ninguém. Passei muito trabalho para poder vir para cá, deixe-me viver tranquilo.

Miguel Javier apura o passo e se afasta de mim. Tento alcançá-lo, dizer-lhe que entendo sua irritação, que estamos os dois muito cansados e que isso nos deixa de mau humor. Mas não consigo andar mais rápido, as pernas me pesam como sacos de batatas. O tucumano caminha ainda mais rápido e desaparece à minha frente. Faz frio e gostaria de voltar para minha casa, mas para qual casa? Sinto náuseas. E tristeza.

Pergunto-me se Joseph já terá acordado, se estará sozinho, e procuro o caminho até sua casa.

V

Entro num bar que fica numa esquina em frente à casa de Joseph. Peço um chá com torradas. Um café seria demais, depois de tudo que passei. Sento-me numa das mesas à janela, daqui posso ver a porta da casa de Joseph e a loja de seus tios. Se ficar atenta, talvez consiga ver Mario sair; e, se me animar, talvez vá até lá e toque a campainha depois, quando Joseph estiver só. Não posso me distrair, bastaria olhar para os pães e pudins sobre o balcão para que perdesse a saída de Mario. O chá está muito quente e eu o bebo bem devagar enquanto controlo todos os movimentos da rua. Há poucos minutos, entrou no bar um velho com um cachorrinho ridículo. Estão sentados numa mesa em frente à minha. O velho sorri para mim e o cão, de raça indefinível, puxa com força a coleira para vir em minha direção. Não olho para eles, mas sei que estão ali. Sinto-me bastante bem, apesar de não ter dormido e da noite horrível que passei. O chá e as torradas me devolvem um pouco de energia. Só me incomoda que o velho esteja me olhando. Achará estranho ver uma mulher tomando chá sozinha a esta hora da manhã? Heidelberg não deixa de ser uma cidadezinha, e nas cidadezinhas olha-se de modo estranho para as mulheres sós. Não creio que em Frankfurt aconteça o mesmo. Daqui posso dominar tudo: a rua, a loja de especiarias, a porta de sua casa, sua janela, mas se o velho continuar me olhando já não será a mesma coisa, porque vou me desconcentrar. Bem, chega, olho o velho nos olhos, ele sorri para mim e descubro que é o mesmo que me olhava no primeiro dia, naquele bar da Markplatz. Será que se lembra de mim? Terá se dado conta de que estou espionando alguém? O animalzinho se solta e vem fazer uma pequena dança a meus pés. É tão feio que me enternece. O velho o chama, docemente, como se não quisesse repreendê-lo. O cão dança como um macaquinho amestrado, é grotesco e surpreendente. Acho muita graça. Dou a ele um pedacinho de torrada, que ele cheira e deixa a um canto para seguir agitando as patinhas.

O velho se aproxima de nós.

– Aqui, Rosie, do meu lado! – diz, e compreendo que não é um cãozinho, mas uma cadelinha.

– Tudo bem, pode deixar.

– Você gosta de animais?

Respondo que sim, que gosto, às vezes. Vejo pela janela que a loja de especiarias acaba de abrir. As cortinas metálicas foram erguidas e, se apertar os olhos, consigo ver uma senhora movendo-se lá dentro, talvez seja a tia de Joseph. Você não é daqui, certo?, o velho me pergunta. Rosie, a pequena e monstruosa cadela, atirou-se a meus pés e me mostra sua barriga branca.

– Não, não sou daqui.

– É italiana?

– Não, venho da Argentina.

– Ah, parece italiana.

A senhora da loja aparece na porta. Tento reconhecer traços de Joseph em seu rosto, que daqui mal consigo ver.

– Vamos, Rosie, vamos voltar para a mesa.

– Tudo bem, ela não me incomoda.

Rosie esfrega o dorso em meus sapatos. Gostaria de contar ao velho que eu tive um cachorro em Buenos Aires que fazia a mesma coisa e que agora nem sequer sei se está vivo ou morto, mas não digo nada. Uma caminhonete estaciona em frente à loja de especiarias e me tira a visão da porta de Joseph. Em cima da loja, sua janela continua fechada. Intuo que Joseph dorme até tarde, mas sei que Mario não, e se estão juntos já deveriam ter se levantado. O velho comemora as piruetas de sua mascote.

– Rosie é uma boa cadelinha. É minha única companhia, não precisamos de mais ninguém, não é, Rosie?

Em resposta, Rosie abana o rabo.

– Querem se sentar à mesa comigo?

Há alguns minutos, não teria imaginado fazer uma proposta dessas ao velho, mas agora ele e Rosie me são familiares e gostaria de ficar um pouco mais com os dois. De qualquer maneira, a caminhonete me tapa a visão e, se eles ficassem, eu pediria outro chá e perguntaria ao velho coisas sobre a cadelinha: desde quando a tem, de que raça é, a que horas se levantam, por onde passeiam...

– Oh, não, obrigado, minha jovem, já temos que voltar para casa, temos muito que fazer. Vamos, Rosie querida. Cumprimente a moça.

Rosie fica em pé e agita as patas dianteiras. Parece um pássaro disforme. O velho deixa umas cédulas junto a sua taça e veste o casaco.

Vamos, minha cadelinha, vamos voltar para casa. Adeus, e que tenha um lindo dia. Inclinando a cabeça, sorri ao passar a meu lado. Vejo-os se afastando lentamente pela rua. Abrem passagem em meio a um grupo de garotos que vão à escola. Um deles se agacha para acariciar a cabecinha de Rosie, que abana o rabo para ele e gira ao seu redor. Em seguida todos seguem seu caminho. Agora há mais gente na rua, indo e vindo. A caminhonete que encobria minha visão arranca e volto a ter toda a porta para mim. O que Joseph estará fazendo lá dentro? E se sair de repente e vier até aqui? E se sair de repente e me vir? Vim te ver, Joseph, vim ver como você é de manhã. Estive num hospital a noite inteira, e acabei de conhecer um velho que tinha uma cadelinha fantástica, Joseph, você tinha que ver. Sabe?, eu tinha um cachorro em Buenos Aires, às vezes dormíamos a sesta na poltrona da sala. Tinha uns olhos negros e profundos como os teus e... Não. Não. Joseph está com Mario, Mario o ama e eu deveria estar repousando. Deveria estar em Buenos

Aires. Numa casa que fosse minha. Minha casa, meu cachorro, minhas roupas, meu idioma. A porta de Joseph se abre. Meu coração retumba no corpo todo. Compreendo que não estou preparada para ver Mario sair desta casa com cara de sono ou com o cabelo molhado por causa do chuveiro, mas é Joseph quem acaba de sair à rua. Reconheço-o em seguida, mesmo que esteja vestido com um longo sobretudo e tenha metade do rosto coberta por um cachecol. Está só. Está só? Sim, está só. Caminha até a esquina e dobra em direção ao centro. Pago o chá com torrada e saio do bar. Cruzo a rua tratando de alcançá-lo, mas meus pés estão duros e meu corpo inteiro pesa, cansado. Só consigo caminhar devagar, um passo, outro passo, enquanto vejo-o afastar-se.

Sete

I

— Me desculpe por te ligar a esta hora.
— Que horas são?
— Aqui ou aí?
— Aqui.
— Isso não sei, aí é mais tarde, acho que umas cinco horas.
— Dormi o dia inteiro.
— Eu, o que queria te dizer é que é melhor eu não ir mais à Feli.
— O que aconteceu? Você voltou lá?
— Sim.
— Mas o que aconteceu? Eu não pedi para você voltar lá.
— Fui porque uma amiga me pediu. Outra, não você.
— E aí? Ela disse algo sobre mim?
— Sim, muitas coisas.
— Seu irmão vai nos matar. Que tipo de coisas?
— Coisas estranhas.

Frau Wittmann bate à porta. Reconheço essas batidinhas que ela dá, como se os nós de seus dedos fossem de metal. Peço a Marta Paula que não desligue e abro a porta de camisola.

Há um rapaz lá embaixo procurando por você, me diz, em tom de reprovação. Que rapaz? Miguel Javier? Inclino-me e vejo Joseph ao pé da escada. Joseph aqui! Folheia umas revistas na recepção, vejo como suas mãos morenas passam as páginas e sinto um frio na barriga.

— Marta Paula, preciso desligar, mas te ligo mais tarde.
— À noite?
— Sim, depois.
— Bem, vai me ligar à noite?
— Sim. Obrigada por tudo.

– Está bem. Tem que desligar agora?
– Sim.
– Ah, bom. Então depois falamos.
– Sim, tchau.
– Tchau.

II

Frau Wittmann me olha de cima a baixo. Sabe que estou grávida. Sabe, embora eu não tenha lhe contado. Já vou descer, digo, e fecho a porta. Reviro o quarto atrás de alguma coisa para vestir. Não me sobra mais nada: as roupas de Shanice estão ficando cada vez menores em mim e as que eu trouxe já não servem para este frio. Misturo uma saia minha com um pulôver dela. Por via das dúvidas, pego uma jaqueta, talvez Joseph me convide para sair. Será melhor sair. Não quero beijá-lo aqui, com Frau Wittmann olhando e com o tucumano dando voltas por aí. Seria melhor me pentear um pouco. Uma lembrança de Santiago me alivia: é domingo de manhã, acabo de me levantar, ele me olha da cama e diz que fico muito bem assim, despenteada. É uma linda lembrança. O que Santiago estará fazendo agora? Que horas Marta Paula disse que eram na Argentina? Quantas horas terei dormido? Saio de meu quarto e desço as escadas. Vou pensando naquilo que me disseram no hospital: nada de sexo por uns dias. Terei que ser clara a respeito disso, mesmo que me custe. Parado ali, Joseph me sorri com seus dentes, com seus olhos, com seu cabelo escuro e grosso. Me abraça, me beija a cabeça. Me diz: Mario me deixou isso para entregar a você, são as chaves da casa dele. Foi a Frankfurt por um mês e você pode se mudar quando quiser. Ele deixou um bilhete com instruções sobre o uso da calefação e das estufas. Me avise se precisar de ajuda para levar suas coisas.

Agora me dá um beijo na testa e se vai.
— Já vai?
— Sim, eu adoraria ficar com você, mas tenho muito trabalho para terminar.

Vejo-o ir embora. Aperto em minhas mãos as chaves da casa de Mario. Frau Wittmann me olha de seu canto. Sei que quer que eu vá embora, quer que eu deixe o quarto para um autêntico estudante. Mas não me diz nada. É só essa cara que faz, como se dissesse *você está enganada*. Sustento o olhar. Amanhã saio do quarto, digo. Muito bem, ela diz. Fico com pena. Pensei que entre nós havia um sentimento mais amável. Pois, se não, por que esses repentinos gestos de carinho que teve comigo? Por que essas conversas sobre sua infância na Hungria, sobre a guerra e sua vida? Penso que terá se endurecido devido ao hábito de conviver com tantos hóspedes. Mas não quero ir embora assim. Me aproximo dela, agradeço-lhe por todo este tempo que dividimos e digo que vou morar na casa de um amigo.

— Desse turco?

Como sabe que é turco? Frau Wittmann sorri. Joseph tem cara de turco, e isso é suficiente.

— Os turcos são muito sujos. Entende? Sujos. Não há, não temos estudantes turcos. Eles só querem ganhar dinheiro aqui. E são mentirosos. Assim que podem, mordem a mão de quem lhes dá de comer. Esses turcos. E são violentos. Muito violentos. Eu não quero nada com os turcos. A que horas você disse que iria desocupar o quarto?

— De manhã, depois do café.

III

Esta noite olho para meu quarto de falsa estudante com um carinho diferente, porque será a última noite que passo aqui. A partir de amanhã vou morar numa casa. E talvez Joseph durma a meu lado. Abraço o travesseiro pensando em seus ombros.

Frau Wittmann foi tão grosseira com ele, certamente foi isso que o fez sair tão rápido. O que estou fazendo? Por que insisto? Ainda estou em tempo de evitar um mal maior. Não tem jeito. Esta noite Joseph dá voltas sem parar em minha cabeça. Lembro de nosso encontro em sua casa e sinto uma alegria infinita. Estou louca, como vou viver na casa de Mario? Como, se vou querer dormir com Joseph todas as noites? Até quando poderei ficar sem mencionar a relação que há entre eles? Nada disso me importa, prefiro afundar em seus braços e ficar em silêncio. Tenho medo de lhe fazer perguntas das quais me arrependerei instantaneamente. Tenho medo de pronunciar palavras que não pareçam ser minhas. Poderíamos ficar sempre assim, em silêncio. Joseph. Joseph.

Frau Wittmann me chama à porta. Eu a abro, irritada. Seja o que for, ela poderia ter me falado lá embaixo. Entrega-me trinta euros, diz que sobraram do aluguel deste mês.

Eu agradeço e lhe digo até amanhã.

– Você acredita em Deus? – me pergunta, antes de ir. Sua pergunta me desconcerta e não sei o que responder. Temo que volte a me falar algo sobre os turcos.

– Por quê? – pergunto.

– É preciso acreditar em algum deus, não acha? – diz, enquanto se afasta.

Fecho a porta e volto para a cama. Tento pensar em Joseph outra vez, mas não consigo. Os trinta euros me lembram que já não me sobra muito dinheiro. Planejo vender o computador ou uma das câmeras de Shanice. Certamente algum estudante irá se interessar.

Oito

I

Miguel Javier escuta calado, de vez em quando mexe o açúcar em sua taça de café, que já deve estar frio. Estamos sentados na mesma mesa de nosso primeiro café juntos, no dia do passeio ao castelo, o dia em que adivinhou que eu estava grávida. Digo-lhe que já arrumei as malas e que daqui a pouco vou entregar as chaves a Frau Wittmann. Achei que você fosse ficar mais tempo, diz. Explico-lhe que, de qualquer maneira, não poderia permanecer aqui, que a casa de Mario não fica longe e que poderá me visitar quando quiser. Achei que você fosse ficar mais, repete.

Terminamos o café da manhã em silêncio.

Lembro que não retornei a ligação de sua irmã. Vou fazer isso mais tarde, quando já tiver me mudado e puder falar tranquilamente. Não pude fazê-lo ontem à noite. Depois de ver Joseph e da conversa hostil com Frau Wittmann, senti um cansaço arrasador, apesar de ter dormido o dia inteiro.

Miguel Javier se oferece para levar minhas malas. Chego perto de Frau Wittmann e deixo as chaves no mostrador da recepção. Paguei o último mês adiantado, não lhe devo nada. Que tudo ande muito bem, despede-se ela, sem tirar os olhos do jornal que lê.

Quando chega o táxi que vem nos buscar, quase todos os estudantes já saíram para a universidade.

— E você, Miguel? Não tem aula hoje?
— Hoje não vou.

II

A casa de Mario é bonita. Ou, como diz o tucumano: é bunita. Deixamos as malas no *living* e percorremos todas as peças. Me alegra estar com Miguel Javier e poder lhe mostrar as coisas de Mario, que sinto como minhas agora. Meu banheiro, minhas toalhas, minha cozinha, minhas panelas, meu *living*, minha poltrona, minha biblioteca, aqui meu pequeno jardim, minhas plantas, meu regador, meu pássaro morto sobre o gramado, repugnante, devorado pelas formigas.

– Não toque nisso.

– Só quero vê-lo um pouco mais de perto.

– Vou buscar algo para envolvê-lo e o jogo no lixo para você.

O tucumano entra na casa e volta com vários guardanapos de papel, com eles envolve o pássaro e o segura um instante entre as mãos.

– É melhor jogá-lo na rua.

– Há quanto tempo você acha que ele está aí, morto?

– Pode ser um dia, podem ser algumas horas.

Penso em Shanice e nos que encontraram seu corpo. Lembro de ter visto como a levaram dentro de um saco preto. O tucumano se encarrega habilmente do assunto do pássaro. Vou até a cozinha, ponho água para esquentar e procuro no armário uma cuia para o mate, que não demora a aparecer. É uma cuia enorme, com uma borda de alpaca e uma inscrição entalhada no centro: Lembrança de Buenos Aires. Suponho que tenha sido um presente e me pergunto se Mario receberá visitas da Argentina de vez em quando. Remexo nos potes até encontrar a erva e ofereço a Miguel o primeiro mate de nossa estadia alemã.

– Não, obrigado, não gosto de mate.

– Não?

— Não, em minha casa todo mundo toma mate, mas eu não, acho asqueroso e me dá acidez.

Agora se enfia no banheiro para lavar as mãos e lembro outra vez da ligação que fiquei devendo a Marta Paula. Seguramente, se estivesse aqui, ela tomaria várias chaleiras de mate comigo e me contaria da Feli e de tudo que ela lhe disse. Só posso ligar para ela depois que seu irmão for embora.

Recosto-me na poltrona do *living*. Miguel se aproxima, dá uma olhada na biblioteca e também nos discos.

— Tem uma boa biblioteca esse seu amigo Mario. O que ele foi fazer em Frankfurt?

— Foi trabalhar na universidade, suponho.

— Você quer ajuda para desfazer as malas?

— Não, não se preocupe, depois faço isso. Por agora não preciso tirar quase nada das malas. A metade das coisas que tenho aí são de Shanice, eu cheguei à Alemanha com uma mala e uma mochila, nada mais.

— Pensando bem, vou aceitar um mate.

Miguel toma o mate com cara de nojo. Ofereço-lhe açúcar e ele coloca três ou quatro colheradas que o deixam intragável. Falamos um pouco sobre a casa e sobre o funcionamento dos aparelhos: a cafeteira, as estufas, o equipamento de som, a televisão. Depois fica em silêncio, como na hora do café da manhã. Sei que minha saída da residência o deixa triste, e penso que para mim também seria difícil permanecer ali sem a sua companhia.

— Você sente falta da sua casa, Miguel?

O tucumano toma o mate, pensativo.

— Sim e não. Às vezes penso que poderia ficar aqui o resto da vida e não voltar a ver mais ninguém. Mas quando minha mãe ou Marta Paula me ligam, eu me lembro de algumas coisas e fico com vontade de estar lá, sobretudo porque fico nervoso só de pensar que lhes falte algo, que haja problemas. Meu pai está velho e não se dá conta de nada, esta é a verdade. Minha mãe cozinha o dia todo, para eles e para fora. Minhas irmãs estão vivendo suas vidas, com seus filhos, seus problemas. Só Marta Paula é que lhes dá uma mão, porque mora com eles, as outras não podem. Eu a ajudei a conseguir um emprego. Ela é uma pessoa muito boa, mas sempre foi meio distraída, entende? Se apaixonou e logo teve filhos, não pôde terminar nem o secundário. E depois o marido se revelou o pior dos piores. Não lhes dá dinheiro, não vê as crianças. Eu estava juntando dinheiro para vir para cá e um dia vi que estavam faltando três mil pesos, que estavam escondidos. Queria morrer, porque você pode me fazer qualquer coisa, mas eu não suportava a ideia de que minha irmã pudesse ter me roubado. Portanto eu a encarei e lhe perguntei e me dei conta de que não, que não tinha sido ela. Depois eu soube que nesse dia seu marido tinha passado por lá. Aí ficou claro que o sujeito é um ladrão.

Agora Miguel Javier deixa o mate e se levanta com os olhos muito abertos.

– Você abriu as malas?

– Não.

Ajeito-me na poltrona e vejo, onde as deixamos, duas das malas de Shanice abertas, com as roupas aparecendo.

– Você deve ter aberto as malas para procurar algo e não se lembra – me culpa Miguel Javier.

– Não, eu não toquei nelas desde que entramos – respondo. E ficamos discutindo assim por algum tempo.

– Você tem medo de que existam fantasmas?

– De jeito nenhum. As malas devem ter se aberto sozinhas, deve haver algum problema com a fechadura.

III

Já passou do meio-dia e o tucumano ainda não foi embora. Depois de folhear vários livros da biblioteca, ligou a TV e agora está vendo um noticiário alemão que neste momento anuncia os números ganhadores da loteria. Eu preparo o almoço, encontrei salsichas, tomate e queijo na geladeira de Mario. Depois terei que ir às compras. Mais tarde, quando o tucumano tiver ido embora e eu puder ligar para Marta Paula. Miguel entra na cozinha e diz que escutou a campainha, me pergunta se deve abrir ou se fingimos que não estamos.

– Não, vá lá, por favor, e descubra quem é – respondo, tirando as salsichas da água fervente com um garfo.

Procuro os pratos, os copos, uma toalha. Miguel entra outra vez na cozinha.

– É um amigo seu – diz.
– Você abriu?
– Não.
– Deixa, eu vou.

Quando abro a porta, Joseph me olha, sorrindo. Vou ter que ferver mais salsichas, penso. E, quando entra, penso também em como sua presença aqui transforma esta casa num lugar ideal.

Apresento-o ao tucumano, que o olha atônito, e, sem fazer muitas perguntas, nos sentamos os três à mesa e almoçamos.

Miguel Javier pergunta a Joseph a que se dedica. Joseph responde que ajuda no negócio de sua família e que também é fotógrafo. Falo das fotos de Joseph, repito como um papagaio as palavras de Mario: a obra de Joseph realmente vale a pena. É uma obra significativa, sólida.

O tucumano come em silêncio; está confuso, pode-se ver isso em sua cara. Há pouco derrubou seu copo sem querer e teve que rodear seu prato com guardanapos para arrumar a bagunça. Quando terminamos de comer, fica sentado e não me ajuda a tirar a mesa. Joseph se oferece para lavar os pratos. Miguel Javier me segue com os olhos sem se mover de sua cadeira.

— Acho que seria bom eu descansar um pouco – digo.

— Eu já vou – responde, e antes que eu possa dizer qualquer coisa ele se levanta, coloca sua jaqueta e caminha em direção à porta.

— Já entendi tudo bem direitinho – diz, apertando os dentes, e se vai.

IV

Ficar a sós com Joseph nesta casa me faz fantasiar com a ideia de formar uma família. Vejo-o secando os pratos, guardando as coisas em seus lugares, fazendo café. Move-se com segurança pela cozinha, abre as gavetas certas, encontra rapidamente os panos de prato, as taças, as colherinhas. Pergunto-me quantas vezes terá vindo aqui antes, mas procuro não pensar nisso.

— Acho que você foi um pouco cruel com seu amigo.
— Com Miguel Javier? Por quê?
— É evidente que ele está apaixonado por você.

Joseph se aproxima, pega meu rosto com as mãos e me beija na boca. Será este o momento pelo qual eu me aventurei a subir num avião sem plano algum? Porque não é um plano voltar ao lugar da infância sem nenhum projeto adulto.

Estremeço ao pensar em tudo que deixei para trás, naquilo que poderia ter feito em Buenos Aires durante este tempo, meu trabalho, minha família, Santiago. O que teria sido de mim lá? O que teria sido de mim aqui, se meus pais não tivessem voltado à Argentina?

— Não podemos transar — digo torpemente a Joseph, e explico-lhe que é uma ordem médica, válida apenas por uns dias. Então ele me olha como se estivesse se lembrando de minha gravidez, pergunta como estou me sentindo, que planos tenho para quando o bebê nascer.

— Não sei — respondo. E essa é a verdade, não sei.

De repente me lembro da cara de bobo do sujeito que pode ser o pai de meu filho, não Santiago, Santiago parece inteligente, embora não o seja muito. O outro, Leonardo, o cara da imobiliária. Nunca quis pensar muito nele, mas agora a lembrança de seu rosto se grava em minha mente. Cara de bobo, sim, é como se o estivesse vendo quando me disse para ficar e dormir com ele, chamando-me de bonita, menina, até de bebê.

Joseph diz que saberei o que fazer quando chegar a hora. Para mim é impossível escutar isso tranquila, "você vai saber o que fazer" não o inclui na história de jeito nenhum. E aqui, agora, só o que quero é que isto dure, que dure muito, para sempre, se possível.

Caímos num silêncio interrompido intermitentemente por comentários formais, sobre o frio que fez por estes dias, minha despedida da residência, sua próxima exposição de fotos na semana que vem. Eu lhe pediria para ficar aqui esta noite, mas percebo que está inquieto e não me animo. Conto a ele sobre o pássaro morto que Miguel Javier e eu encontramos no jardim hoje de manhã, sobre o modo como o tucumano conseguiu se livrar dele sem ter nojo. Ele sorri, e eu lhe digo quase sem respirar:

— Gostaria que você ficasse aqui hoje.

— Há algo que você precisa saber — responde.

Preparo todos os meus músculos para ouvir, minhas pernas, minhas mãos, meu coração, tudo.

— Mario está doente e foi a Frankfurt para fazer um tratamento.
— Um tratamento? Como assim? O que ele tem?
— Algo hepático, que ainda não conseguiram descobrir o que é.
— Eu preciso vê-lo.
— Não, ele me pediu por favor que não contasse nada para você. Quando voltar, veremos como está, e como poderemos ajudá-lo.

Imagino Mario numa cama de hospital e meus joelhos afrouxam. Joseph me abraça, caminhamos até a poltrona e nos recostamos por um longo tempo olhando para o teto.

— Fico para dormir esta noite – diz, e me agarro a seu corpo.

V

Joseph e eu nos falamos em alemão, em geral ele usa frases e palavras fáceis quando está comigo. Para me dizer que a noite que passamos juntos foi incrível, ele diz: dormi bem. Depois me beija e se levanta anunciando que vai fazer café. Ontem à noite não transamos, e no entanto creio que foi uma das noites mais intensas de minha vida. Com que posso compará-la? Com uma transfusão de sangue, um terremoto de felicidade, algo assim. Metida na cama, ouço-o mover-se na cozinha lá embaixo, tento lembrar de seu corpo na penumbra da noite passada. Revivo a sensação de seu peito em minhas costas, de suas mãos afastando meu cabelo para beijar meu pescoço. E o som do celular de Shanice, que não parava de tocar. Na terceira vez que soou, me levantei para atender. Estava sem roupa, enrolei-me numa manta e desci as escadas sem entender nada, nervosa, pensando em Mario. Era Marta Paula. Falava de um modo muito estranho. Estava com a voz rouca, quase não parecia que era ela. Pedi-lhe desculpas por não ter retornado a ligação como havia prometido. Ela repetia "precisamos conversar", "precisamos conversar". Dizia isso mecanicamente, e a cada tanto se interrompia com uma espécie de lamento, um gemido de choro contido que me angustiou muito.

– O que houve?

– Foi por ir à casa da Feli que estou assim. Ela me fez alguma coisa, não sei... Fiquei mal. Me disse para falar com você... sabe?, se você vai se encarregar dessa senhora, a mãe da morta, que é uma carga muito pesada... e eu... o que eu tinha feito com os sapatos. Nada, dona Feli, eles estão em casa. E aí ela meio que riu e me disse, me perguntou se vou estar com eles quando puserem a mim também dentro de um saco preto. Que saco preto?, eu pergunto. Ninguém conhece seu destino, mas que vida de merda essa sua, ela diz. Como assim, vida de merda? E aí ela fez um gesto assim de que já está cansada de falar comigo, mas eu insisti, e então ela disse mais cedo ou mais tarde todos terminamos dentro de um saco preto, que era para perguntar a você. E me disse mais coisas, mas agora não sei...

– Não vá mais a este lugar, Marta. Esqueça tudo.

– Eu botei fora os sapatos.

– Está bem, me parece bem.

– O que é o saco preto?

– Não dê bola para isso, esqueça tudo.

Então nos calamos e ouvi um barulho de música, de *cumbia* e de gente conversando. Perguntei onde estava e ela não me respondeu. Depois me disse que estava com insônia há dias. Eu lhe disse que iria se sentir melhor assim que pudesse descansar. Que nos falássemos amanhã.

Quando voltei para a cama, contei a Joseph, pela metade e do jeito que pude, quem era Marta Paula, falei de nossa amizade desde que enviamos os sapatos, falei da Feli e de como tudo isso tinha virado uma coisa horrível. Ele disse que lhe parecia uma história fascinante, mas depois voltou a me enredar entre seus braços e pernas e já não falamos de mais nada.

Nove

I

Acordo na casa de Mario e demoro algum tempo até me localizar. A luz da manhã entra aqui de modo diferente ao de meu quarto na residência, mas parecido a como entrava em minha casa de Buenos Aires. Joseph não está a meu lado, ouço-o circular pela cozinha. O que estará fazendo? Por que não me acordou? Levanto-me, e, enquanto procuro uma calça e uma camiseta entre as coisas que estão nas malas, uma lembrança me assalta: Santiago preparando o café da manhã, eu procurando o que vestir para ir ao trabalho, Ringo indo e vindo entre os dois, exigindo o passeio matinal com o vaivém de seu rabo. Agora, neste lugar que quase não conheço, lembro daquela casa com uma dor irreprimível, com a culpa do abandono, com a certeza de que nunca mais viverei ali.

Desço e vejo Joseph na cozinha, fez o café e colocou o pão para tostar. Diz que terá que sair daqui a pouco. Quase não falamos. Gostaria que voltássemos para a cama ou que nos despedíssemos na porta de uma vez, para ficar sozinha. Lavo as taças que acabamos de usar. Joseph se move pela casa, entra no banheiro, pega água na geladeira, vai para o jardim e fuma. Estou nervosa, por que continua aqui se disse que tinha que sair?

Eu deveria falar com Mario, saber como está, se precisa de alguma coisa. Deixo o que estou fazendo e peço a Joseph o número do telefone da clínica em que Mario está internado. Não sei, me responde. Um nome, algo para procurar o lugar na Internet. Mario não usa celular e tenho que localizá-lo de alguma maneira. Mas Joseph não sabe nada; Mario não quer que o encontremos, diz. Como pode estar tão seguro, tão tranquilo?

Quero ficar sozinha, digo. Joseph apaga o cigarro e me olha em silêncio por um instante. Nos vemos depois?, pergunta. Respondo que sim, e ele se vai.

II

Sozinha aqui, a casa me parece enorme. Passo horas remexendo nas coisas de Mario e aparecem as caixas de lembranças que olhamos no dia em que nos encontramos. Leio minhas próprias cartas escritas com uma letra infantil. Em algumas, peço a ele que venha logo nos visitar em Buenos Aires, em outras digo-lhe que eu é que queria visitá-lo na Alemanha e morar com ele no castelo de Heidelberg. Todas terminam com minha assinatura, que não mudou muito desde então, e o desenho de um coração ou de uma estrela.

Entre as cartas e os cartões postais também há fotos soltas. Lembro em seguida da Kodak que tínhamos, quadrada, com o cubo do *flash* encaixado na parte de cima. Creio que muitas dessas fotos foram batidas com esta câmera. Eu estou em várias, na casa da Keplerstrasse, num tobogã construído sobre um aterro, num bosque próximo a um lago, ao lado dele. Nesta última, aparecem uns animais estranhos na margem direita da imagem. Fico um longo tempo olhando para essa foto, não chego a distinguir o que são, se são cabras, bisontes anões ou o quê. Todas têm uma inscrição no verso, a data e uma breve descrição do lugar. Acho estranho que não haja nenhuma menção aos animais.

Entre os cartões postais, há uma foto em preto e branco de vários homens na escadaria do que parece ser um prédio público, e atrás, com uma caligrafia delicada, lê-se: Universidade de La Plata, 1975, e o nome de cada um. São vários professores misturados a uns poucos alunos. Meu pai está ali, entre os professores, com um terno que parece apertado, e muito sorridente. Mario também aparece, a um lado, com uma cabeleira abundante, uns óculos com uma armação pesada e escura, e não deve ter mais de vinte e cinco anos.

Numa das caixas, encontro um conjunto de cartas presas com uma fita azul. Desamarro a fita com cuidado, sentindo mais curiosidade do que culpa. São cinco cartas enviadas a Mario por Elvio, seu namorado morto. Leio a primeira, datada de março de 1979, escrita quando Elvio estava detido no que ele chama de "a cova". Ele assegura que o deixarão sair no final daquele mês e que poderão se reencontrar no México, na Espanha ou na Alemanha. A carta é enigmática, com palavras em código e passagens indecifráveis, e no entanto talvez seja o texto mais doloroso que já li na vida. Consigo entender, em meio às frases riscadas, as palavras "arrependimento", "inferno", "desmaio". O papel ficou amarelado com o passar do tempo, nota-se que foi muito manuseado e dobrado. "Vão me soltar no fim do mês e não sei para onde vão me levar, mas vamos nos encontrar", repete, mais adiante.

Quando termino de ler a carta, não tenho forças para ler as outras quatro. Vou à cozinha para tomar água e pegar um pano de prato, ou algo que sirva para secar minhas lágrimas. Mexer nessas caixas, ter mergulhado nessas fotos e papéis velhos, me deixou com uma sede tremenda.

Da janela da cozinha posso ver o pátio e o pequeno jardim. Nestes poucos dias, já se encheu de folhas secas por todos os cantos. Quisera deixar tudo limpo e arrumado para quando Mario voltar, o que não sei quando acontecerá, mas espero que seja logo.

III

Tinha decidido não voltar a pôr os pés na residência. A despedida de Frau Wittmann foi hostil o suficiente para me fazer sentir que não tenho nada que fazer ali.

Mas o tucumano acaba de ligar me pedindo que vá até lá agora mesmo:

— Estou aqui com Frau Wittmann e umas quantas pessoas mais tentando acalmar a senhora Takahashi, que está perguntando por você. Não estamos conseguindo acalmá-la de jeito nenhum. Ela está fora de si.

Rogo-lhe que não dê a ela meu novo endereço e lhe asseguro que estarei ali o quanto antes.

Ao chegar, Miguel Javier me recebe à porta, e o panorama lá dentro é insólito: a senhora Takahashi está deitada sobre uma das mesas do refeitório, abraçando-se a ela enquanto balbucia palavras em japonês intercaladas com frases em inglês. Frau Wittmann caminha ao redor da mesa e ameaça chamar a polícia. Alguns estudantes, a uma distância prudente, olham para a cena e riem, nervosos. Eu acho que ela teve um surto, diz o tucumano. Ficava perguntando por você, caminhava daqui para ali e depois se atirou sobre a mesa.

Frau Wittmann acelera o passo em minha direção e me pega pelos ombros.

— Não sei mais o que fazer — confessa, esgotada.

Compreendo que devo chegar perto da japonesa e falar com ela. É o que todos esperam. Caminho devagar até chegar à ponta em que estão seus pés e ando ao redor da mesa até chegar a sua cabeça. Senhora Takahashi... Ela não me vê. Deitada de lado e com o olhar perdido, repete: *I'm not leaving here.*

— Sou eu, senhora Takahashi.

A senhora Takahashi me olha, sai de cima da mesa e procura uma cadeira para se sentar. Seus movimentos são tão elegantes que parecem apagar o ridículo que acaba de fazer.

— Precisava ver você. Quando cheguei e descobri que você não morava mais aqui, fiquei um pouco nervosa, só isso. Estava procurando você porque ultimamente não sabia mais o que fazer. Você poderia?... Olhe, não gostaria de voltar a meu país, mas meu cartão de crédito já não funciona e meu marido não atende meus telefonemas. Você foi uma boa amiga para minha filha e pode me ajudar. Olhe, comprei coisas demais, mas ainda não é o momento de voltar. Meu marido... meu marido não devia ter me deixado aqui sozinha.

A senhora Takahashi agora se interrompe e cobre o rosto com as mãos. Frau Wittmann e o tucumano, de pé a um canto, cravam os olhos em mim, esperando que eu saiba o que fazer ou dizer.

— Aqui ela não pode ficar, já lhe expliquei que esta é uma residência de estudantes — a voz rouca de Frau Wittmann ressoa por todo o refeitório.

A senhora Takahashi soluça: "Minha filha era uma estudante muito boa. Muito boa! Eu deveria ficar com seu quarto por um tempo".

Tento pensar, encontrar rapidamente uma forma de ajudar e poder ir embora. Mas a senhora Takahashi descobre o rosto e pega minhas mãos com seus dedos frios.

— Deixe-me ir com você, ao menos por esta noite. Já não posso voltar ao hotel, faça isso por Shanice, faça por mim, que não tenho mais ninguém.

IV

Fiz todo o possível para não chegar a esta situação. Tentei localizar o senhor Takahashi pelo telefone da residência, propus falar com a embaixada do Japão, implorei a Frau Wittmann para que abrisse uma exceção e a hospedasse por uma noite, mas nada funcionou. Em algum momento cheguei a pensar em ir embora na marra, sem me desculpar nem dar explicações, mas um remorso terrível me impediu de fazer isso. Aí estava a senhora Takahashi à beira da ruína, a ponto de se quebrar como o tronco seco de uma árvore atingida por uma tormenta, com seus olhos suplicantes grudados em mim.

Agora, sentada no *living* de minha nova casa, parece ter se recuperado um pouco. Calada e serena, esboça um sorriso e assente com a cabeça em fazer tudo o que digo.

– Senhora Takahashi, faço-lhe um chá?, senhora Takahashi, quando quiser tomar um banho, trago-lhe uma toalha limpa, senhora Takahashi, amanhã mesmo iremos à embaixada para resolver a sua situação, a senhora deve voltar para sua casa o quanto antes. Sirvo o chá e ligo a TV. Procuro um filme ou um programa que nos entretenha, algo que nos transporte para um lugar menos incômodo, algo que detenha nossos pensamentos por algum tempo. Paro num velho filme em preto e branco: Audrey Hepburn e Gregory Peck passeiam por Roma e falam dublados em alemão. A senhora Takahashi parece interessada. Olha para a televisão levantando as sobrancelhas, como se estivesse lembrando de alguma coisa, depois suspira. É um lindo filme, digo. Ela assente com a cabeça. Me inquieta que ela não fale, desde que chegamos não pronunciou uma única palavra. Olho-a com o canto dos olhos, parece encantada com o que vê. Finjo me concentrar nas imagens enquanto organizo mentalmente os passos a dar. Primeiro terei que descobrir onde fica a embaixada do Japão ou seus consulados na Alemanha, não creio que seja em Heidelberg. Depois terei que conseguir alguém que possa acompanhá-la, talvez Miguel Javier... Não me atreveria a pedir isso a Joseph e não gostaria de me afastar desta casa até que Mario regresse. Por que Mario não se comunica comigo? Ele saberia como ajeitar tudo isso.

A senhora Takahashi suspira, parece estar em outro mundo. Com a desculpa de preparar mais chá, levanto-me da poltrona e vou até o computador para procurar o endereço da embaixada, que encontro em seguida: Hiroshimastrasse 6, Berlim. Há também uma sede em Frankfurt, talvez amanhã cedo eu mesma possa acompanhar a senhora Takahashi e tentar encontrar Mario. Passar o dia em Frankfurt, ou o tempo que for necessário. Deixar tudo arrumado, as plantas regadas, a casa fechada, e resolver tudo. Se sairmos daqui bem cedo, poderíamos chegar à sede da embaixada na hora de abrir, e então poderia explicar a situação a quem nos atender: esta mulher está em estado de choque, sozinha, sem dinheiro e longe de seu país. Por favor, ajudem-na, é sua obrigação. E depois poderia tentar encontrar Mario, procurá-lo em todas as clínicas de Frankfurt, que não devem ser tantas. E, se o encontrar, trazê-lo de volta a sua casa, ou ficar ali com ele, ajudá-lo no que for preciso até que possamos voltar.

V

Sinto as mãos frias da senhora Takahashi em minha cabeça e dou um pulo que me faz levantar da poltrona.

— Você tem um cabelo lindo — diz —, deveria deixá-lo crescer até a cintura.

— A senhora me assustou... Acabou o filme?

— Oh, sim. É um filme muito, muito antigo. Acho que os atores já morreram. Eram tão bonitos. Consegui me lembrar claramente destas ruas de Roma. Você acha que um dia poderei voltar lá? Eu não acredito. Foi-se o tempo. Obrigada por me trazer para sua casa esta noite, você foi muito gentil.

Desligo o computador, mas leva algum tempo até que a flamante bandeira do Japão na página inicial da embaixada desapareça da tela.

— Vamos comer algo fora — digo —, você é minha convidada.

A japonesa sorri e fala pausadamente.

— Preferiria que ficássemos aqui. Você tem uma casa tão acolhedora, e eu já passei tantas noites jantando em restaurantes… Não há nada como o calor de um lar, não acha? Oh, a gente se sente tão bem aqui. Já tinha esquecido como era possível se sentir tão bem.

A senhora Takahashi tem razão. Vai ser melhor ficarmos aqui e prepararmos tudo para a viagem de amanhã. Posso fazer um macarrão, abrir um vinho e planejar junto com ela nossa saída para Frankfurt. Se conseguir ser convincente, se conseguir fazer com que preste atenção em mim, entenderá que é o melhor para ela e poderemos passar esta noite tranquilas.

— Gosta de macarrão, senhora Takahashi?

— De macarrão? Sim, claro. Eu costumava comer muita massa quando estava grávida de Shanice.

— Deve ser algo comum em qualquer gravidez, porque eu também…

— Você já sabe que nome vai dar ao seu filho?

— Não, ainda não. Nem sequer sei o seu sexo.

— Acho que tudo deve ser mais simples com um menino. Sabe?, Shanice e eu nunca nos entendemos, ou, o que é pior, nos entendíamos demais.

— Não pode ser assim tão ruim.

A senhora Takahashi sorri amargamente e acaricia a própria testa com seus dedos longos. É impressionante vê-la, é bonita e assustadora ao mesmo tempo. Caminho até a cozinha e ela me segue com passos muito lentos. Enquanto preparo o que vamos comer, me observa quieta, sorrindo levemente e inclinando a cabeça para o lado, como se lhe pesasse muito.

— Desejo que você tenha um filho homem, você não merece tanto sofrimento.

— Não exagere, por favor, tenhamos um lindo jantar. Amanhã será um dia agitado. Vamos pegar o trem das 06h15 para chegar a Frankfurt antes das oito e estar no consulado assim que abrirem. Tudo vai sair bem, você vai ver. Logo estará em sua casa.

A senhora Takahashi fica em silêncio enquanto termino de preparar o molho, abrir o vinho, coar o macarrão.

Já sentadas à mesa, tento explicar-lhe mais detidamente e com mais otimismo o plano para que possa voltar ao Japão. Ela não diz nada, brinca com o garfo no prato enquanto me escuta e mal toca na comida. Proponho um brinde, sirvo vinho em sua taça e, na minha, misturo-o com água. Ao futuro, digo, sem ser muito convincente. A japonesa me acompanha de maneira quase mecânica, bebe e volta a falar em voz baixa e pausada:

— O que você estava fazendo no dia do incidente?

— Você quer dizer no dia da morte de Shanice?

— Sim, no dia de seu suicídio.

— Era uma segunda-feira. Tinha ido ao hospital cedo. Foi a primeira vez que consultei o médico por causa da gravidez. Ao meio-dia, almocei com Miguel Javier no refeitório da universidade. Reconheci o lugar, lembrei que almoçava ali com minha mãe quando era bem pequena. Depois caminhei bastante tempo sozinha e lá pelas seis horas voltei para a residência.

— E em que estava pensando enquanto caminhava sozinha?

— Não me lembro.

Takahashi suspira e me olha, esperando que eu continue o relato daquele dia. Não sei mais o que dizer. Não quero contar a ela sobre a polícia, sobre os estudantes chorando histericamente, sobre o saco preto em que carregaram o corpo de sua filha. A japonesa insiste com seu olhar expectante.

    Digo a ela que os dias anteriores tinham sido divertidos, falo da noite do karaokê, de como sua filha animava a festa e parecia a anfitriã do lugar, que ela parecia feliz, radiante, que todos estranharam muito sua decisão. Isso é o que lhe digo, mas não é certo. O suicídio de Shanice não me surpreendeu. Me entristeceu porque, assim que soube, me pareceu ser algo previsível. Em minha memória, volto a vê-la na noite do karaokê e sei que aquilo que ela projetava não era alegria, era ansiedade, era uma angústia horrível encoberta por cores berrantes e música estridente.

Dez

I

Olho o despertador, são quatro e meia da manhã. Alguma coisa, um movimento no interior de meu ventre, me despertou. É uma sensação nova em minha gravidez até aqui. Gostaria de contá-la a alguém, mas não há ninguém a meu lado a quem possa acordar e dizer: acho que nosso filho se mexeu pela primeira vez. Respiro fundo e puxo o cobertor até acima dos ombros. Espero por algum tempo que o movimento volte a aparecer, viro de um lado para o outro, mas nada acontece. Pressinto que não poderei voltar a dormir. Seja como for, em meia hora soará o alarme do despertador, que programei para conseguir tomar café, arrumar nossas coisas e chegar a tempo à estação de trem. Levanto-me e acendo a luz. Ontem à noite, depois de acomodar a senhora Takahashi na poltrona do *living* e antes de me deitar, preparei uma mochila com meu passaporte, dinheiro e algumas roupas, caso tenha que ficar em Frankfurt por uns dias. Reviso a mochila, para ver se não está faltando nada. Também quero ligar para Joseph e avisá-lo que não voltarei até que encontre Mario. Vou lhe dizer que é uma decisão que já tomei, não importa o que eles tenham falado antes. Mas ainda não amanheceu e tenho que esperar. Deito-me outra vez, olho para o teto, estou inquieta. Pergunto-me se a senhora Takahashi terá conseguido dormir. Sinto pena dela. Pena e uma inquietude muito grande quando me dirige seu olhar como se quisesse dizer: tudo vai ficar pior, ninguém está a salvo em parte alguma. Às vezes ela me provoca um calafrio que deixa meu corpo todo contraído. De repente começo a ter um sonho terrível, mas já está na hora de tocar o dia, de começar a travessia em busca de uma solução. Ontem cheguei a pensar que tudo isso seria mais fácil para mim. Inclusive sentia uma espécie de curiosidade em ver a senhora Takahashi explicando sua situação para os japoneses da embaixada. Agora sinto a coisa toda como uma missão absurda, uma obrigação excessivamente pesada, e cada movimento que faço para sair da cama se transforma numa luta comigo mesma. A casa está mais fria que de costume, pergunto-me se a japonesa terá mexido na calefação. É estranho, mas talvez estivesse quente demais no *living* e ela tenha resolvido desligá-la. Este é nosso último dia juntas, e depois de deixá-la no consulado já não receberá nada de mim, chega, repito para mim mesma, e me visto com a roupa mais quente que encontro.

II

Acendo as luzes do *living*. Sobre o braço da poltrona encontro os lençóis dobrados e o travesseiro que passei ontem à noite para a senhora Takahashi, mas não a vejo em parte alguma. Já procurei no banheiro, na cozinha, fui até o jardim pensando que podia encontrá-la ali caçando moscas, abraçando uma árvore ou algo do tipo. O que terá feito? A que horas saiu? Onde está? Com que dinheiro?

Espero um pouco recostada na poltrona, talvez ela tenha saído só por um momento, mas suas coisas não estão aqui. Não vai voltar, penso, e eu não vou mais a Frankfurt. Nem no trem das 06h15, nem no das 08h00, nem em nenhum outro.

Mais tarde vou atrás de Joseph. Ele acha que a senhora Takahashi voltará a qualquer momento e que eu tenho que pensar no que farei se isso acontecer. Percebo que não olha para mim quando fala, está ocupado não sei bem com o quê, arruma e joga fora uns papéis, recebe e responde mensagens em seu celular. Diz que gostaria de almoçar comigo, mas que, lamentavelmente, está com pressa. Não sei o que ele tem a fazer, mas sinto algo assim como uma inveja por vê-lo se movimentar com um propósito. Eu não faço nada, embora me lembre de como vivia sempre com pressa em Buenos Aires, e gostaria de contar a Joseph que minha vida não foi sempre essa perambulação contemplativa, que eu também recebia e respondia mensagens o tempo todo, e estava sempre atrasada, e andava sempre com pressa, e que andar com pressa em Buenos Aires é uma coisa muito mais complicada do que nesta aldeia de brinquedo. Joseph se desculpa enquanto veste um casaco e me alcança o meu, que acabei de tirar.

– Para onde você vai? – pergunta, à porta.
– Para o lado da ponte velha – digo, fingindo ter o que fazer por aí.
– Então não vou poder te acompanhar – diz.
Me dá um beijo na testa e sai correndo na direção contrária.

Desde que estou aqui, caminho de um ponto a outro da cidade sem motivo ou necessidade. Por exemplo, me digo: vamos até a Markplatz, e quando chego me digo: agora vamos até a catedral. Neste momento, caminho até a ponte velha, como disse a Joseph, e não sei o que farei assim que chegar lá. Se alguém me perguntasse, poderia dizer que vim a Heidelberg para caminhar, dormir e caminhar. Dormir e caminhar não parecem grande coisa, mas são duas coisas boas.

Por estes dias a temperatura baixou muito e já não se veem tantos turistas pelas ruas. Em Buenos Aires, o calor já deve ter começado há algum tempo, o calor úmido dos fins de ano. Penso em todos, imagino que roupas estarão usando, se estarão custando a dormir à noite. Sempre gostei das noites de verão, do cheiro das espirais mata-mosquitos, do barulho do ventilador, da alegria de vencer o sono e ficar acordada até o amanhecer.

Na noite em que dormi com Leonardo, o cara da imobiliária, o provável pai de meu filho, fez um calor descomunal, embora ainda não fosse o momento para isso. A primavera já não existe, ele disse, agora é assim, passamos direto do inverno para o verão, e continuou falando das atrocidades climáticas a que nós e nossos descendentes estaremos submetidos. Quase não consigo me lembrar de seu rosto, só lembro do calor e do cheiro de vodka, e de como me abracei àquele corpo estranho com uma súplica inaudível: pare de falar.

Talvez chegue o momento em que deseje, com todas as minhas forças, voltar a Buenos Aires, ou talvez isso nunca chegue a acontecer. Tento reconstituir a sensação que meus pais devem ter vivido, a decisão que os obrigou a permanecer longe de seu país. Quanto a mim, não há nada que me impeça de voltar, de seguir com minha vida tal como a deixei. Embora viver minha vida tal como a deixei já não seja possível. Paro sobre a ponte. Com os cotovelos apoiados na muralha, observo o Neckar, que se estende solitário nesta manhã. Antes de chegar, pensava que este lugar já teria se urbanizado muito, mas não, está exatamente igual a quando o conheci. Nada mudou muito nesta cidade que de alguma maneira ficou a salvo dos bombardeios e dos demais ataques furiosos da história.

Percorro com o olhar as margens do Neckar, até que diante de mim aparece um quadro que me inquieta tanto que tenho que desviar a vista, girar inteira e me sentar para decidir se realmente vi o que creio ter visto. Ali, ao lado do rio, descalça, a senhora Takahashi tenta colocar um de seus pés dentro d'água. Por que estou convencida de que era ela? Tinha o seu mesmo cabelo liso e despenteado, seu mesmo vestido preto de mangas longas, mas estava longe demais para que pudesse ter certeza, poderia ser outra pessoa, poderia ser qualquer coisa.

III

Fecho-me em casa, quer dizer, na casa de Mario. Não foi uma boa ideia sair com este frio, e devo começar a cuidar de minha saúde. Ligo a calefação, que se desligou durante a noite. Creio que esta é a mais confortável das casas em que me tocou viver nos últimos anos. Procuro e lavo taças e copos que fui deixando por aí, tento fazer o possível para manter a ordem de Mario. Procuro não levar comida para o quarto e colocar os livros de volta na biblioteca depois de lê-los. Separo o lixo e o divido em vidros, papéis, plásticos e coisas orgânicas, rego as plantas, e passarei o aspirador no tapete do *living* quando for necessário.

Teria sido preferível dar à senhora Takahashi todo o dinheiro que me restava, para que procurasse um lugar e se comunicasse com seu marido ou com quem quer que fosse. Nunca devia tê-la trazido até aqui. Tento pensar em outra coisa, mas sua imagem à beira do rio não para de me voltar à cabeça. Olho a rua através da janela, parece que realmente está fazendo muito frio lá fora. Os poucos transeuntes que vejo estão tapados até as orelhas. Ligo a televisão, a mulher do noticiário anuncia um inverno rigoroso, com ventos gelados vindos daqui e dali que ela mostra num mapa gigante da Alemanha. Depois mostram imagens de manifestações em várias cidades, estudantes, organizações de direitos humanos e imigrantes protestam contra os cortes no orçamento destinado a receber refugiados. Uma mulher chora, carregando um bebê nos braços, não consigo entender o que diz. As imagens dos manifestantes se intercalam com outras, de barcos lotados de gente, salvamento de botes a ponto de afundar, homens, mulheres e crianças arriscando suas vidas para entrar na Europa. A âncora do noticiário fala em 800 mil pedidos de asilo até agora, só neste ano.

Dou um pulo quando batem à porta, desligo a televisão e permaneço imóvel. É a senhora Takahashi, penso, mas ela não tem força para bater dessa maneira. Quem é?, pergunto, sem sair do lugar. Ouço a voz de Miguel Javier, pede-me que, por favor, abra a porta. Reconheço sua voz, embora nunca o tenha ouvido tão sério, tão grave, tão decidido. Quando abro, entra sem me cumprimentar e chega até o meio do *living* a passos largos. Não olha para mim, não quer se sentar, todo seu corpo parece conter o impulso de quebrar o que aparecer em seu caminho.

— Você sabe alguma coisa de minha irmã? — diz.
— Como assim, alguma coisa? — pergunto.
— Se tem alguma notícia dela, se sabe onde ela está.

Repasso na memória nossa última conversa por telefone, conto quantos dias se passaram desde então.

— Faz bastante tempo que não nos falamos.
— Quando foi? Onde ela estava?
— Não sei, isso foi há vários dias.

O tucumano tem os olhos chorosos, caminha lentamente e se senta na ponta da poltrona. Compreendo que algo ruim deve ter acontecido com Marta Paula, lembro agora do tom angustiado de sua voz e de algumas das últimas frases que a ouvi falar: "Foi por ir à casa da Feli que estou assim". "Ela me fez alguma coisa."

Sento-me no outro extremo da poltrona, balbucio alguma coisa sobre este último telefonema. Miguel Javier olha para o chão enquanto falo. *Desapareceu*, interrompe-me, *faz dois dias que não sabem nada dela em minha casa.*

Tento tranquilizá-lo, chego perto dele para abraçá-lo, mas me rechaça com um gesto brusco.

— Ela já vai aparecer — digo.

Procuro o celular de Shanice, que usei para me comunicar com Marta Paula, trato de encontrar neste aparelho sofisticado os horários das ligações, mensagens que talvez não tenha visto. Minhas mãos transpiram, de tão nervosa que estou, e sinto o telefone escorregar.

– Se algo aconteceu a ela por ter ido à casa daquela bruxa, juro que nunca vou te perdoar.

Ligo para o número do qual ela me ligou da última vez, mas ninguém responde. Não pedi a Marta Paula que fosse à casa da vidente, mas poderia tê-la impedido a tempo. Fiquei curiosa, queria saber o que mais ela lhe dizia sobre minha gravidez, e a preocupação do tucumano me fazia pensar que não se tratava de uma charlatã, mas de uma verdadeira médium, alguém com poderes paranormais. Agora sua irmã desapareceu e eu não consigo parar de me lembrar daquilo que me disse no último telefonema: "A Feli me fez alguma coisa". Miguel Javier está pálido. Ofereço-lhe um chá, que ele aceita movendo um pouco a cabeça, e, quando trago o chá, ele me pede que não o deixe só, que nunca sentiu tanto medo na vida. A raiva que estava sentindo há poucos instantes parece ter passado de repente. Ela tem que aparecer, repito. Miguel começa a chorar, e vê-lo assim me destroça o coração.

Mais calmo, me explica que sua mãe lhe telefonou há dois dias para dizer que sua irmã não tinha passado a noite em casa. Miguel, a dez mil quilômetros de distância, foi quem organizou a busca. Suas outras irmãs parecem não ter muito tempo para tratar do assunto com a devida dedicação. A primeira coisa que fez foi localizar seu ex-cunhado. Não conseguiu nenhuma informação com esta conversa e, como sua relação com ele nunca foi boa, trataram-se de maneira seca e hostil. Ele se preocupa com as crianças, os filhos de Marta Paula, dos quais sua mãe mal consegue cuidar. Tenho que ir para lá, diz, se ela não aparecer esta noite, tenho que voltar para Tucumán.

Miguel Javier não foi à faculdade nestes dias, passou o tempo todo fazendo ligações e escrevendo e-mails. Chegou a se comunicar com a polícia de Tucumán: falou sobre a Feli, daquele lugar na vila de La Aguadita em que convergem a magia negra, a prostituição e o tráfico de drogas. Fez isso sem ter nenhuma esperança de que fosse levado a sério, mas conseguiu se assegurar de que sua família já tinha registrado a denúncia.

Falamos sobre os preparativos para que ele possa viajar amanhã ou depois, no caso de sua irmã não aparecer. Miguel Javier poderia comprar a passagem com seu cartão de crédito e ir pagando a despesa nos próximos meses com o dinheiro que recebe de sua bolsa de estudos. É época de exames, e sua ausência será um retrocesso para seu progresso acadêmico obtido à custa de tanto esforço, mas não é o momento de pensar nisso. No escritório de Mario, consultamos a Internet para saber dos próximos voos para Buenos Aires e das conexões para Tucumán. Há um voo da Aerolíneas Argentinas com lugares disponíveis, saindo de Frankfurt amanhã ao meio-dia. Com o trem da madrugada que sai de Heidelberg, chegaria a tempo ao aeroporto. Mas eu o convenço a esperar um pouco, passaremos a noite aqui, acordados, comunicando-nos com Tucumán. Se não tivermos notícias até as cinco da manhã, ele comprará a passagem de avião.

IV

Cozinho salsichas e batatas e abro um dos vinhos que Mario tem guardados na cozinha. Sei que os guarda para ocasiões especiais, mas saberá entender quando eu lhe explicar. Você não pode beber, me diz o tucumano. De certa forma, sua advertência nos serena por algum tempo. Desviamos a conversa para o meu estado, digo a ele que uma tacinha não vai me fazer mal e ele comenta que estou mais gordinha. Noto que olha para meus peitos e minhas pernas quando me diz isso, mas em seguida afunda o olhar em sua taça. Também falamos do vinho, nenhum dos dois é um especialista na matéria, mas concordamos em que esse que estamos tomando nos deleita a um ponto que se pareceria à alegria, se não estivéssemos na situação em que estamos.

Daqui a pouco ligaremos de novo para a casa de sua mãe. Miguel Javier chega até a janela que dá para o jardim e pede que eu me aproxime.

– Isso que está caindo é neve? – pergunta.

– Sim, está nevando – confirmo.

– É lindo, eu nunca tinha visto nevar – diz, grudando a cara no vidro.

O som do celular de Shanice nos causa um sobressalto, imagino que é Joseph quem está ligando, procuro o celular entre as almofadas da poltrona. Sigo escutando a chamada, mas não consigo encontrá-lo, terei que explicar a Joseph que esta noite não poderemos nos ver, enxergo o aparelho numa prateleira da biblioteca e corro até lá. Chego pouco antes que desliguem.

– Sou eu, Marta Paula.

– Marta Paula! Onde você está?

– Estou numa pensão, precisava ficar sozinha.

– Você está bem?!

– Sim.

Miguel me arranca o telefone da mão. Ouço-o gritar, repete muitas vezes *como é que não avisou?*, pergunta se lhe fizeram algo, pergunta se está sozinha. Diz que está louca, que é uma irresponsável, repreende-a por ter estado a ponto de tomar um avião para procurá-la, diz que gosta muito dela, que não poderia seguir adiante se lhe acontecesse algo de ruim.

Meto-me na cozinha para que ele possa continuar falando tranquilo. Lavo os pratos, seco-os, também seco minhas lágrimas com o pano de prato. Creio que seja um pequeno choro para descarregar os nervos.

Miguel Javier entra na cozinha e me entrega o telefone, diz que sua irmã quer falar comigo.

— Você consegue me entender, não?

— Acho que sim, mas nos assustamos muito.

— Eu precisava pensar.

— Pensar em quê?

— Pensar nas coisas, em minha vida. Foi a Feli que me deixou assim, pensando no que estava fazendo de minha vida, e se eu voltasse para casa com as crianças fazendo o barulho que sempre fazem, não ia conseguir me concentrar. E depois me levou mais tempo, precisei de uns dois dias para pensar, mas já estou voltando para minha casa.

— Cuide-se muito, Marta.

— Sim, não se preocupem, diga a meu irmão que não se preocupe, que ele tem que se formar.

— Sim, te mando um abraço grande.

— Eu também te mando um. Ah, eu já ia desligar e me lembrei: no outro dia, quando estava saindo da casa da Feli, ela me disse que você vai ter uma menina. Parabéns.

Depois da ligação de Marta Paula, Miguel Javier e eu ficamos falando um pouco mais de sua irmã, da neve e do vinho de Mario. Estou morta de sono e, às vezes, meus olhos se fecham enquanto ele fala. É hora de ir, diz. À porta, nos abraçamos longa e fortemente. Miguel se afasta, envolto em sua jaqueta, dando pequenos saltos entre os flocos de neve que caem, como uma criança.

Onze

I

Ontem à noite, quando Miguel Javier saiu, liguei para Joseph, mas ele não atendeu. Sinto que está se esquivando de mim e não voltarei a procurá-lo até que resolva aparecer.

A neve caiu abundantemente durante toda a manhã. Está fazendo tanto frio que tento aguçar minha imaginação culinária para não ter que sair para comprar nada, não vou nem sequer tirar a camisola. Vou aproveitar o que tenho: batatas, sopas instantâneas, farinha, salsichas, tomates e alguns frios. Vejo televisão o dia inteiro, acompanho de perto as notícias sobre os refugiados, às quais se somaram atentados sangrentos em algumas capitais europeias. Há poucas imagens dos bombardeios no Oriente Médio, mas são suficientes para intuir o desastre absoluto.

Pela primeira vez sinto falta de minha família e de meus amigos de Buenos Aires.

Volto a abrir as caixas de recordações de Mario e a espalhar suas fotos, cartas e papéis no piso do *living*. Não sei bem o que procuro, mas volto a ter diante dos olhos a foto em que aparecem aqueles animais estranhos. Mario e eu estamos no centro da imagem, na clareira de um bosque nos arredores de Heidelberg, e mal se consegue distinguir nossas silhuetas. Consegue-se ver a cidade, à distância, entre as árvores. Os animais parecem bisontes anões e se aproximam de nós timidamente. Não lembro nada deste dia, mas imagino que quem bateu a foto foi meu pai. Procuro fotos dele também, está sorrindo em todas, e minha vontade de abraçá-lo me faz chorar.

Olho a foto de Elvio, o jovem namorado desaparecido de Mario, e algo me perturba, mas custo a entender o que é. A princípio acho que é a dor, a angústia por pensar em seu destino. Mas não, não é isso, esse desconforto tem a ver com outra coisa. Elvio é incrivelmente parecido com Joseph. Seus grandes olhos escuros, o sorriso aberto, o cabelo grosso e preto, as sobrancelhas espessas, até o casaco se parece ao sobretudo setentista que Joseph costuma usar.

Coloco a foto numa prateleira da biblioteca para poder olhar para ela da poltrona, e a essa distância a semelhança continua sendo assombrosa.

Já está escurecendo, o dia passou, um dia inteiro em que não vi nem falei com ninguém. O sono me vence antes que consiga arrumar os papéis esparramados de Mario e acabo dormindo na poltrona. Sonho intermitentemente com uma menina a brincar na clareira de um bosque, poderia ser eu mesma, mas também poderia ser outra, poderia ser minha filha.

II

Acordo com o ruído de chaves na fechadura. Antes que possa me levantar, alguém entra. É Mario. Com os olhos semicerrados por causa do sono, vejo-o avançar com uma mala que deixa ao lado da poltrona em que estou deitada. Já é de manhã, e Mario me olha sorrindo. Você adormeceu aqui, diz. Vejo ao redor a desordem de papéis e fotos, de seus papéis e fotos, suas lembranças mais íntimas que eu espalhei sobre o tapete.

– Perdoe-me, ontem à noite estive olhando as fotos...

– Não se preocupe, pode mexer no que quiser. Depois as guardamos.

Mario parece estar bem, muito bem. Isso me alegra imediatamente. Tinha-o imaginado quase moribundo em alguma clínica de Frankfurt, mas agora está diante de mim e não apenas não parece doente como parece estar melhor do que antes. Pergunto se está bem e ele responde que sim, perfeitamente. Me pergunta como estou, se fui ao médico por estes dias, diz que estou bonita e que já dá para notar bastante que estou grávida. Esqueço o café que sobrou do dia anterior e conto a ele todo o episódio com a senhora Takahashi, e também o que aconteceu com o tucumano e sua irmã. Mario me ouve como se eu estivesse lhe contando um filme, está encantado com o relato, mas me parece estranho que não se envolva nem me diga nada. Quando termino de falar, me pergunta o que mais aconteceu nestes dias em que esteve ausente. Nada mais, isso é tudo, minto. Não me animo a lhe dizer nada sobre Joseph, não saberia como nem por onde começar a lhe contar que temos uma relação. De qualquer forma, tampouco sei se continuamos a ter.

Lá fora voltou a nevar e o pequeno jardim ficou totalmente branco. Mario diz que vamos passar umas lindas festas de fim de ano juntos. Festas de fim de ano? Claro, não havia pensado nisso de jeito nenhum. De novo penso em todos que estão em Buenos Aires. Serão umas lindas festas, volta a dizer, mas antes terei que fazer outra viagem. Mario será membro de uma banca numa defesa de tese na Universidade de Berlim, será uma viagem muito breve, "uma escapada". Deve partir amanhã, portanto quase não terá que mexer na mala, comenta. E depois, quando estou retirando as fotos e os papéis do piso, diz que viajará com Joseph.

— Será uma grande oportunidade para ele, tem entrevistas marcadas com uns galeristas muito bons de Berlim, vinculados à universidade. Eu o convidei e ele aceitou, muito entusiasmado.

Guardo lentamente cada papel dentro das caixas, não tenho palavras para lhe dizer nada em resposta e meu corpo inteiro parece pesar toneladas.

III

Pressinto que não conseguirei dormir esta noite. Dou voltas na cama, me levanto, vou até a cozinha. Bebo a jarra de água inteira. Nesta noite, nesta casa, tudo o que conheço parece ter se tornado muito distante, inalcançável. Mario, que dorme em seu quarto, e Joseph, que virá buscá-lo aqui amanhã. Imagino-os chegando a Berlim, a cara sorridente de Joseph, esse sorriso com todos os dentes e os olhos escuros brilhando. Imagino-os parando para comer em algum restaurante antes de se instalarem no hotel. Vejo Mario arrumando os óculos, mexendo as mãos. O resto dos quadros que me vêm à cabeça são menos críveis, parecidos com algum filme pornô, seus corpos nus sob uma luz avermelhada, seus rostos desfigurados pelo prazer. As cenas que imagino são tão pouco originais que chegam a me fazer rir. Talvez eles nem sequer dividam o mesmo quarto, não sei, não me atreverei a perguntar e não quero continuar pensando nisso.

Lembro da senhora Takahashi e sinto um remorso terrível. Não sou uma boa pessoa, nenhuma boa pessoa teria feito o que fiz. Porque sei que era ela que andava perambulando descalça junto ao rio.

Vou até o escritório de Mario e ligo o computador, procurando não fazer ruídos que possam despertá-lo. Em minha caixa de e-mails acumularam-se 1472 mensagens não lidas desde que cheguei à Alemanha. A grande maioria delas não tem a menor importância. Vou deletando quase todas, uma a uma, sem ler, mas me detenho numa de uma antiga colega do secundário. Fala de um encontro de ex-colegas que está sendo organizado para este fim de semana. O e-mail é de quase dois meses atrás. Penso em como terá sido essa reunião e em como estarão meus ex-colegas depois de tantos anos. Imediatamente me lembro do cheiro de jasmim à porta da minha casa da adolescência. Guardo o e-mail para respondê-lo mais adiante e me desculpar por não ter podido ir. Penso, como possível resposta, simplesmente dizer que eu adoraria ter ido, mas que estou na Europa.

Também guardo um e-mail de Santiago em que me diz que Ringo morreu há um mês e que foi um bom cão até o último momento. Diz isso em três linhas e me envia saudações. Não diz *abraços* ou *beijos*, mas sim saudações.

Fico sem ler todos os e-mails de meus colegas de trabalho.

Leio muitas vezes um de um ex-aluno de meu pai que me envia um trabalho lido em sua homenagem. Fala da contribuição filosófica de meu pai, mas também de seu senso de humor e da unidade feliz entre sua vida e sua obra.

Há um e-mail de Marta Paula escrito ontem numa *lan house*. Me fala do calor insuportável que está fazendo em Tucumán e da confusão que arrumou em sua família por ter ficado duas noites fora de casa.

Abro um e-mail de minha mãe, que ainda não sabe de minha gravidez e acredita que estou passeando e conhecendo pessoas interessantes. Diz que me achou estranha em nossas últimas conversas por telefone. Pergunta quais são meus planos, se vou continuar de férias ou se já tenho uma data de regresso. Diz que sente saudades e que este ano não está com muita vontade de festejar o Ano Novo. Me propõe sair de Buenos Aires nestes dias, caso já esteja de volta.

Fecho a caixa de e-mails e aparece para mim a página da Aerolíneas Argentinas que consultei com Miguel Javier na última vez em que esteve aqui. Há três voos com lugares disponíveis antes do fim do ano. Escrevo meu nome, sobrenome e número de documento no formulário de compra, mas a sessão expira antes que eu consiga passar à página seguinte.

Durmo alguns minutos sobre a escrivaninha e acordo com o corpo cheio de cãibras. Desligo o computador porque já não consigo pensar em nada. Ainda é noite. Vou até a cama e me deito. Não sei quanto tempo mais passarei em Heidelberg, mas sei que hoje dormirei até o meio-dia. Talvez Mario já tenha partido quando eu acordar.

IV

Joseph, sentado na poltrona em que nos deitamos juntos várias vezes nestes dias, não fala nada. Espera que Mario se apronte para sair. Está ali, simplesmente, com os braços cruzados e o olhar perdido, como se a situação o aborrecesse um pouco. Tenho vontade de bater nele, de atirar algo em sua cabeça, de empurrá-lo com as mãos até fazê-lo sair de casa. Mas mal tenho forças para chegar perto dele.

– Você não vai me dizer nada? – digo, olhando-o nos olhos.

Joseph me olha, abre e fecha os olhos subindo ou abaixando seus longos cílios. Ao lado da poltrona, descubro sua bolsa e uma pasta que deve conter seu trabalho fotográfico. Que direito tenho eu à raiva, a me sentir traída? Joseph volta a me olhar, sua boca está tão perto de mim que chego a tremer.

Mario aparece de banho recém-tomado e de barba feita. Parece contente, nos diz que há muito tempo não viaja a Berlim, que foi uma sorte receber este convite. Enquanto prepara suas últimas coisas para sair, descobre a foto de Elvio na biblioteca; digo-lhe, titubeando, que esqueci de juntá-la aos outros papéis que estavam no chão. Ele a toma entre as mãos por uns segundos e volta a deixá-la na prateleira em que eu a tinha colocado. Não parece ter ficado com raiva de meu descuido. Ao contrário, diz que encontrei um bom lugar para este retrato que passou tanto tempo guardado. Joseph continua sem dizer nada, nem sequer diante da evidência de sua semelhança com Elvio. Nenhum dos dois parece perceber isso, ou talvez sim, talvez já tenham falado disso tantas vezes que já deixou de lhes parecer algo importante.

Mario pede que o siga até a cozinha e me mostra um pote com dinheiro, escondido entre outros com comida. São mais de 500 euros, para os gastos da casa e para o que você precisar, diz. Não será necessário, respondo, envergonhada, mas ele repete *para o que você precisar* e me abraça, e eu sinto neste abraço um carinho tão sincero que me emociono até as lágrimas. Mario fecha a porta da cozinha, compreendo que vai me dizer algo que não quer que Joseph escute.

— Não fui a Frankfurt a trabalho, fui operar um pequeno tumor que encontraram. Mas não foi nada. Tudo correu bem.

— Por que não me avisou? Por que não deixou que eu te acompanhasse?

— Não queria que você se preocupasse, no estado em que está, e você já tem vários problemas... Tudo correu bem, muito bem. Mas essa foto de Elvio que você deixou ali me fez pensar em algo... algo que quero pedir a você.

— Sim, o que você quiser.

— Se algum dia... se eu morrer, seja lá quando for que isso aconteça, quero que você leve minhas cinzas para o bosque de La Plata e as espalhe pelo solo. Você é a única pessoa a quem posso pedir isso.

Mario sorri, parece estar arrependido ou envergonhado pelo que acaba de dizer. Eu prometo cumprir o que me pediu. Ficamos em silêncio um instante e depois rimos, nervosos. Ele abre a porta e me lembra que na semana que vem estará de volta e que eu não hesite em usar o dinheiro para o que precisar.

Chegou o táxi que os levará à estação. Joseph me dá um beijo na bochecha e eu os vejo entrar no carro conversando alegremente sobre coisas que já não consigo escutar.

V

Meus últimos dias em Heidelberg repetiram-se quase iguais. As árvores do jardim foram ficando completamente cobertas de neve e eu não tive necessidade alguma de sair à rua até um domingo em que não sobrou nada na cozinha e tive que fazer algumas compras para não morrer de fome. Me abriguei bem e tive que pegar uma pá para poder passar pela neve que tinha se acumulado na porta. Caminhei até o centro da cidade, comprei frutas, verduras e pães e, numa loja de enfeites de Natal, umas flores de papel fúcsia que me fizeram pensar em Shanice. Decidi levá-las ao cemitério, não tinha voltado a visitar seu túmulo desde o enterro.

Cheguei carregando as sacolas com as compras. Um guarda instalado na cerca do cemitério me disse que era proibido entrar com comida. Mostrei a ele as flores de papel e lhe prometi que seria só um minuto. Só um minuto, repetiu, abrindo a porta.

Percorri o caminho que tinha feito aquela manhã com os pais de Shanice e alguns estudantes. Deixei as flores no chão e vi que em seu túmulo havia uma foto dela, aos três ou quatro anos, de mãos dadas com seus pais. Corri para conseguir sair logo e cumprir o que havia prometido.

Lá fora compreendi que não tinha ido até ali para fazer uma visita a Shanice, mas para procurar algum rastro de sua mãe. Durante aqueles dias, havia vivido com o temor de que ela aparecesse em minha casa, mas também constantemente intrigada e preocupada em saber o que teria acontecido com sua vida. Se tinha voltado ao Japão, se seu marido tinha vindo buscá-la ou se tinha sobrevivido a este frio perambulando sozinha por aí. Então cruzei a rua e a vi. A senhora Takahashi caminhava à minha frente com seu vestido preto de mangas longas. Aí estava ela, sã e salva, afastando-se do cemitério. Meu coração estava agitado. Ela tinha conseguido ficar em Heidelberg. Eu precisava saber onde ela estava morando, como tinha feito para sobreviver este tempo todo. Me apressei para não a perder de vista e caminhei atrás dela a uma distância prudente. Segui-a por muitas e muitas ruas. Passamos em frente a hotéis luxuosos e outros modestos, em cada um deles pensei, equivocadamente, que ela iria se deter. Parecia não chegar nunca a lugar nenhum, e quando passamos do Neckar já não consegui reconhecer as ruas que cruzávamos.

Notei que o ar havia mudado, um vento frio havia se levantado, trazendo de longe um cheiro de chá e de madeira queimada. Em algumas portas, as luzes começavam a se acender e, nos telhados, a neve se soltava devagar, gotejante.

Soube que já estávamos nos arredores da cidade porque começaram a surgir grandes áreas verdes separando as casas, em algumas janelas vi cortinas se fechando desde dentro das casas, e depois de algumas quadras já não havia casas por perto. Pensei em voltar, ainda estava carregando as sacolas, que começavam a ficar muito pesadas, mas minha curiosidade era grande demais. Chegando a um enorme bosque, a senhora Takahashi desceu por uma inclinação do terreno. Eu me detive. Reconheci o lugar, pareceu-me ter estado ali muitas vezes. Lembrei que depois dessa ladeira havia um lago ao qual costumava ir com meu pai há mais de trinta anos. Caminhei um pouco e verifiquei que ali estava, no meio do bosque, um lago congelado que se conservava idêntico ao que era em minha infância. Não havia voltado a pensar neste lugar em todos estes anos, mas agora a lembrança era nítida e viva: a jaqueta azul de meu pai, sua mão cálida segurando a minha, nossas risadas, o cheiro do gelo. A lembrança me distraiu tanto que perdi a senhora Takahashi de vista. Mas ela logo voltou a aparecer, cruzava o lago a passos curtos e rápidos. Sua figura negra se recortava sobre a superfície de reflexos prateados. Quando chegou ao outro lado e desapareceu entre as árvores, pisei no gelo. Firmei bem os tênis e avancei muito devagar para não resvalar. Tentei imitar seus passos curtos e seguros. Senti que meus pulmões se enchiam de ar puro e fresco e me convenci de que tinha sido uma boa ideia ir até ali depois de tantos dias de reclusão. Mas neste momento escutei um ruído, como um gemido, um suspiro profundo que parecia vir do fundo do lago. Fiquei parada, imóvel. Me perguntei se esse seria o ruído que o gelo faz antes de se quebrar por todos os lados. Não havia ninguém ao redor. Vi um animal se movimentar entre as árvores e aparecer perto da margem, e, embora estivesse começando a escurecer, pareceu-me que era uma dessas cabras ou bisontes anões que tinha visto na foto de Mario. Baixei a cabeça e vi meu reflexo no solo, meu corpo maior e mais pesado que de costume ainda carregava as duas sacolas com as compras desta manhã. Me desfiz delas bem devagar, deixei-as o mais longe que pude e vi as frutas rodarem pelo gelo. Voltei a escutar o gemido que vinha de baixo de meus pés. Queria saber o Pai Nosso ou qualquer outra oração. Continuei quieta não sei por quanto tempo, tremendo, até que o ruído se deteve e pude avançar em direção à terra firme. Dei alguns passos dentro do bosque e desabei no chão. O animal que havia visto do lago reapareceu e foi se aproximando de mim pouco a pouco. Era robusto, com pernas curtas e uma testa achatada da qual saíam uns pequenos chifres. Me cheirou e me olhou com seus grandes olhos separados. Fez um ruído com o focinho e se inclinou a meu lado. Soube que ele não me faria mal algum. Estava perdida, mas estava a salvo. Respirei fundo e me agarrei a seu corpo em busca de calor. A noite caiu.

    Vimos uma coruja sair voando da copa de uma árvore. Vimos que as nuvens se moviam, mudavam de forma e se desfaziam no céu. Vimos aparecer outros três bisontes que nos olhavam à distância.

    Meu companheiro se levantou bem devagar, reuniu-se a eles e os quatro se afastaram por entre as árvores. Eu também quis me levantar e procurar o caminho de volta, mas ainda não tinha forças. Fiquei deitada um pouco mais sobre a terra, olhando para cima. O céu tinha ficado completamente limpo e começou a se encher de estrelas.

Este livro foi composto em tipologia Fairfield, no papel pólen bold,
enquanto Alceu Valença cantava *Flor de tangerina,* para a Editora Moinhos.

Era novembro de 2020.
As eleições americanas haviam sido iniciadas.
E, pela primeira vez, os EUA queriam ser Brasil.